La chute de la maison Usher

DU MÊME AUTEUR
EN LIBRIO

Double assassinat dans la rue Morgue,
suivi de *Le mystère de Marie Roguet* , Librio n°26

Le scarabée d'or,
suivi de *La lettre volée,* Librio n°93

Le chat noir,
suivi de *Hop-Frog, L'ange du bizarre, La barrique d'amontillado, Petite discussion avec une momie, L'homme des foules,* Librio n°213

La chute de la maison Usher,
suivi de *Manuscrit trouvé dans une bouteille, Bérénice, William Wilson,* Librio n°293

Ligeia,
suivi de *Aventure sans pareille d'un certain Hans Pfaall,* Librio n°490

Edgar Allan Poe

La chute de la maison Usher

et autres nouvelles

Traduction de l'américain
par Charles Baudelaire

Librio
Texte intégral

La chute de la maison Usher

> Son cœur est un luth suspendu ;
> Sitôt qu'on le touche, il résonne.
>
> De Béranger.

Pendant toute une journée d'automne, journée fuligineuse, sombre et muette, où les nuages pesaient lourds et bas dans le ciel, j'avais traversé seul et à cheval une étendue de pays singulièrement lugubre, et enfin, comme les ombres du soir approchaient, je me trouvai en vue de la mélancolique Maison Usher. Je ne sais comment cela se fit, — mais, au premier coup d'œil que je jetai sur le bâtiment, un sentiment d'insupportable tristesse pénétra mon âme. Je dis insupportable, car cette tristesse n'était nullement tempérée par une parcelle de ce sentiment dont l'essence poétique fait presque une volupté, et dont l'âme est généralement saisie en face des images naturelles les plus sombres de la désolation et de la terreur. Je regardais le tableau placé devant moi, et, rien qu'à voir la maison et la perspective caractéristique de ce domaine, — les murs qui avaient froid, — les fenêtres semblables à des yeux distraits, — quelques bouquets de joncs vigoureux, — quelques troncs d'arbres blancs et dépéris, — j'éprouvais cet entier affaissement d'âme qui, parmi les sensations terrestres, ne peut se mieux comparer qu'à l'arrière-rêverie du mangeur d'opium, — à son navrant retour à la vie journalière, — à l'horrible et lente retraite du voile. C'était une glace au cœur, un abattement, un malaise, — une irrémédiable tristesse de pensée qu'aucun aiguillon de l'imagination ne pouvait raviver ni pousser au grand. Qu'était donc, — je m'arrêtai pour y penser, — qu'était donc ce je ne sais quoi qui m'énervait ainsi en contemplant la Maison Usher? C'était un mystère tout à fait insoluble, et je ne pouvais pas lutter contre les pensées ténébreuses qui s'amoncelaient sur moi pendant que j'y réfléchissais. Je fus forcé de me rejeter dans cette conclusion peu satisfaisante, qu'il existe des combinaisons d'objets naturels très-simples qui ont la puissance de nous affecter de cette sorte, et que l'analyse de cette puissance gît dans des considérations où nous perdrions pied. Il était possible, pensais-je, qu'une simple différence dans l'arrangement des matériaux de la décoration, des détails du tableau, suffît pour modifier, pour annihiler peut-être cette puissance d'impression douloureuse; et, agissant d'après cette idée, je conduisis mon cheval vers le bord escarpé d'un noir et lugubre étang, qui, miroir immobile, s'étalait devant le bâtiment; et je regardai — mais avec un frisson plus pénétrant encore que la première fois — les images répercutées et renversées des joncs grisâtres, des troncs d'arbres sinistres, et des fenêtres semblables à des yeux sans pensée.

C'était néanmoins dans cet habitacle de mélancolie que je me proposais de séjourner pendant quelques semaines. Son propriétaire, Roderick Usher, avait été l'un de mes bons camarades d'enfance; mais plusieurs années s'étaient écoulées depuis notre dernière entrevue. Une lettre cependant m'était parvenue récemment dans une partie lointaine du pays, — une lettre de lui, — dont la tournure follement pressante n'admettait pas d'autre réponse que ma présence même. L'écriture portait la trace d'une agitation nerveuse. L'auteur de cette lettre me parlait d'une maladie physique aiguë, — d'une affection mentale qui l'oppressait, — et d'un ardent désir de me voir, comme étant son meilleur et véritablement son seul ami, — espérant trouver dans la joie de ma société quelque soulagement à son mal. C'était le ton dans lequel toutes ces choses et bien d'autres encore étaient dites, — c'était cette ouverture d'un cœur suppliant, qui ne me permettaient pas l'hésitation ; en conséquence j'obéis immédiatement à ce que je considérais toutefois comme une invitation des plus singulières.

Quoique dans notre enfance nous eussions été camarades intimes, en réalité, je ne savais pourtant que fort peu de chose de mon ami. Une réserve excessive avait toujours été dans ses habitudes. Je savais toutefois qu'il appartenait à une famille très ancienne qui s'était distinguée depuis un temps immémorial par une sensibilité particulière de tempérament. Cette sensibilité s'était déployée, à travers les âges, dans de nombreux ouvrages d'un art supérieur et s'était manifestée, de vieille date, par les actes répétés d'une charité aussi large que discrète, ainsi que par un amour passionné pour les difficultés plutôt peut-être que pour les beautés orthodoxes, toujours si facilement reconnaissables, de la science musicale. J'avais appris aussi ce fait très-remarquable que la souche de la race d'Usher, si glorieusement ancienne qu'elle fût, n'avait jamais, à aucune époque, poussé de branche durable; en d'autres termes, que la famille entière ne s'était perpétuée qu'en ligne directe, à quelques exceptions près, très-insignifiantes et très-passagères. C'était cette absence, — pensai-je, tout en rêvant au parfait accord entre le caractère des lieux et le caractère proverbial de la race, et en réfléchissant à l'influence que dans une longue suite de siècles l'un pouvait avoir exercée sur l'autre, — c'était peut-être cette absence de branche collatérale et la transmission constante de père en fils du patrimoine et du nom qui avaient à la longue si bien identifié les deux, que le nom primitif du domaine s'était fondu dans la bizarre et équivoque appellation de *Maison Usher,* — appellation usitée parmi les paysans, et qui semblait, dans leur esprit, enfermer la famille et l'habitation de famille.

J'ai dit que le seul effet de mon expérience quelque peu puérile, — c'est-à-dire d'avoir regardé dans l'étang, — avait été de rendre plus profonde ma première et si singulière impression. Je ne dois pas douter que la conscience de ma superstition croissante — pourquoi ne la définirais-je pas ainsi? — n'ait principalement contribué à accélérer cet accroissement. Telle est, je le savais de vieille date, la loi paradoxale de tous les sentiments qui ont la terreur pour base. Et ce fut peut-être l'unique raison qui fit que, quand mes yeux, laissant l'image dans l'étang, se relevèrent vers la maison elle-même, une étrange idée me poussa dans l'esprit, — une idée si ridicule, en vérité, que, si j'en fais mention, c'est seulement pour montrer la force vive des sensations qui m'oppressaient. Mon imagination avait si bien travaillé, que je croyais réellement qu'autour de l'habitation et du domaine planait une atmosphère qui lui était particulière, ainsi qu'aux environs les plus proches, — une atmosphère qui n'avait pas d'affinité avec l'air du ciel, mais qui s'exhalait des arbres dépéris, des murailles grisâtres et de l'étang silencieux, — une vapeur mystérieuse et pestilentielle, à peine visible, lourde, paresseuse et d'une couleur plombée.

Je secouai de mon esprit ce qui ne pouvait être qu'un rêve, et j'examinai avec plus d'attention l'aspect réel du bâtiment. Son caractère dominant semblait être celui d'une excessive antiquité. La décoloration produite par les siècles était grande. De menues fongosités recouvraient toute la face extérieure et la tapissaient, à partir du toit, comme une fine étoffe curieusement brodée. Mais tout cela n'impliquait aucune détérioration extraordinaire. Aucune partie de la maçonnerie n'était tombée, et il semblait qu'il y eût une contradiction étrange entre la consistance générale intacte de toutes ses parties et l'état particulier des pierres émiettées, qui me rappelaient complètement la spécieuse intégrité de ces vieilles boiseries qu'on a laissées longtemps pourrir dans quelque cave oubliée, loin du souffle de l'air extérieur. A part cet indice d'un vaste délabrement, l'édifice ne donnait aucun symptôme de fragilité. Peut-être l'œil d'un observateur minutieux aurait-il découvert une fissure à peine visible, qui, partant du toit de la façade, se frayait une route en zigzag à travers le mur et allait se perdre dans les eaux funestes de l'étang.

Tout en remarquant ces détails, je suivis à cheval une courte chaussée qui me menait à la maison. Un valet de chambre prit mon cheval, et j'entrai sous la voûte gothique du vestibule. Un domestique, au pas furtif, me conduisit en silence à travers maint passage obscur et compliqué vers le cabinet de son maître. Bien des choses que je rencontrai dans cette promenade contribuèrent, je ne sais comment, à renforcer les sensations vagues dont j'ai déjà parlé. Les objets qui m'entouraient, — les sculptures des plafonds, les sombres tapisseries des murs, la noirceur d'ébène des parquets et les fantasmagoriques trophées armoriaux qui bruissaient, ébranlés par ma marche précipitée, étaient choses bien connues de moi. Mon enfance avait été accoutumée à des spectacles analogues, — et, quoique je les reconnusse sans hésitation pour des choses qui m'étaient familières, j'admirais quelles pensées insolites ces images ordinaires évoquaient en moi. Sur l'un des escaliers, je rencontrai le médecin de la famille. Sa physionomie, à ce qu'il me sembla, portait une expression mêlée de malignité basse et de perplexité. Il me croisa précipitamment et passa. Le domestique ouvrit alors une porte et m'introduisit en présence de son maître.

La chambre dans laquelle je me trouvai était très-grande et très-haute; les fenêtres, longues, étroites, et à une telle distance du noir plancher de chêne, qu'il était absolument impossible d'y atteindre. De faibles rayons d'une lumière cramoisie se frayaient un chemin à travers les carreaux treillissés, et rendaient suffisamment distincts les principaux objets environnants; l'œil néanmoins s'efforçait en vain d'atteindre les angles lointains de la chambre ou les enfoncements du plafond arrondi en voûte et sculpté. De sombres draperies tapissaient les murs. L'ameublement général était extravagant, incommode, antique et délabré. Une masse de livres et d'instruments de musique gisait éparpillée çà et là, mais ne suffisait pas à donner une vitalité quelconque au tableau. Je sentais que je respirais une atmosphère de chagrin. Un air de mélancolie âpre, profonde, incurable, planait sur tout et pénétrait tout.

A mon entrée, Usher se leva d'un canapé sur lequel il était couché tout de son long et m'accueillit avec une chaleureuse vivacité, qui ressemblait fort, — telle fut, du moins, ma première pensée, — à une cordialité emphatique, — à l'effort d'un homme du monde ennuyé, qui obéit à une circonstance. Néanmoins, un coup d'œil jeté sur sa physionomie me convainquit de sa parfaite sincérité. Nous nous assîmes, et, pendant quelques moments, comme il restait muet, je le contemplai avec un sentiment moitié de pitié et moitié d'effroi. A coup sûr, jamais homme n'avait aussi terriblement changé, et en aussi peu de temps, que Roderick Usher ! Ce n'était qu'avec peine que je pouvais consentir à admettre l'identité de l'homme placé en face de moi avec le compagnon de mes premières années. Le caractère de sa physionomie avait toujours été remarquable. Un teint cadavéreux, — un œil large, liquide et lumineux au-delà de toute comparaison, — des lèvres un peu minces et très-pâles, mais d'une courbe merveilleusement belle, — un nez d'un moule hébraïque, très-délicat, mais d'une ampleur de narines qui s'accorde rarement avec une pareille forme, — un menton d'un modèle charmant, mais qui, par un manque de saillie, trahissait un manque d'énergie morale, — des cheveux d'une douceur et d'une ténuité plus qu'arachnéennes, — tous ces traits, auxquels il faut ajouter un développement frontal excessif, lui faisaient une physionomie qu'il n'était pas facile d'oublier. Mais actuellement, dans la simple exagération du caractère de cette figure et de l'expression qu'elle présentait habituellement, il y avait un tel changement, que je doutais de l'homme à qui je parlais. La pâleur maintenant spectrale de la peau et l'éclat maintenant miraculeux de l'œil me saisissaient particulièrement et m'épouvantaient. Puis il avait laissé croître indéfiniment ses cheveux sans s'en apercevoir, et, comme cet étrange tourbillon aranéeux flottait plutôt qu'il ne tombait autour de sa face, je ne pouvais, même avec de la bonne volonté, trouver dans leur étonnant style arabesque rien qui rappelât la simple humanité.

Je fus tout d'abord frappé d'une certaine incohérence, — d'une inconsistance dans les manières de mon ami, et je découvris bientôt que cela provenait d'un effort incessant, aussi faible que puéril, pour maîtriser une trépidation habituelle, — une excessive agitation nerveuse. Je m'attendais bien à quelque chose dans ce genre, et j'y avais été préparé non-seulement par sa lettre, mais aussi par le souvenir de certains traits de son enfance, et par des conclusions déduites de sa singulière conformation physique et de son tempérament. Son action était alternativement vive et indolente. Sa voix passait rapidement d'une indécision tremblante, — quand les esprits vitaux semblaient entièrement absents, — à cette espèce de brièveté énergique, — à cette énonciation abrupte, solide, pausée et sonnant le creux, — à ce parler guttural et rude, parfaitement balancé et modulé, qu'on peut observer chez le parfait ivrogne ou l'incorrigible mangeur d'opium pendant les périodes de leur plus intense excitation.

Ce fut dans ce ton qu'il parla de l'objet de ma visite, de son ardent désir de me voir, et de la consolation qu'il attendait de moi. Il s'étendit assez longuement et s'expliqua à sa manière sur le caractère de sa maladie. C'était, disait-il, un mal de famille, un mal constitutionnel, un mal pour lequel il désespérait de trouver un remède, — une simple affection nerveuse, — ajouta-t-il immédiatement, — dont, sans doute, il serait bientôt délivré. Elle se manifestait par une foule de sensations extranaturelles. Quelques-unes, pendant qu'il me les décrivait, m'intéressèrent et me confondirent ; il se peut cependant que les termes et le ton de son débit y aient été pour beaucoup. Il souffrait vivement d'une acuité morbide des sens ; les aliments les plus simples étaient pour lui les seuls tolérables ; il ne pouvait porter, en fait de vêtement, que certains tissus ; toutes les odeurs de fleurs le suffoquaient ; une lumière, même faible, lui torturait les yeux ; et il n'y avait que quelques sons particuliers, c'est-à-dire ceux des instruments à corde, qui ne lui inspirassent pas d'horreur.

Je vis qu'il était l'esclave subjugué d'une espèce de terreur tout à fait anormale. — Je mourrai, — dit-il, — il *faut* que je meure de cette déplorable folie. C'est ainsi, ainsi, et non pas autrement, que je périrai. Je redoute les événements à venir, non en eux-mêmes, mais dans leurs résultats. Je frissonne à la pensée d'un incident quelconque, du genre le plus vulgaire, qui peut opérer sur cette intolérable agitation de mon âme. Je n'ai vraiment pas horreur du danger, excepté dans son effet positif, — la terreur. Dans cet état d'énervation, — état pitoyable, — je sens que tôt ou tard le moment viendra où la vie et la raison m'abandonneront à la fois, dans quelque lutte inégale avec le sinistre fantôme, — LA PEUR !

J'appris aussi, par intervalles, et par des confidences hachées, des demi-mots et des sous-entendus, une autre particularité de sa situation morale. Il était dominé par certaines impressions superstitieuses relatives au manoir qu'il habitait, et d'où il n'avait pas osé sortir depuis plusieurs années, — relatives à une influence dont il traduisait la force supposée en des termes trop ténébreux pour être rapportés ici, — une influence que quelques particularités dans la forme même et dans la matière du manoir héréditaire avaient, par l'usage de la souffrance, disait-il, imprimée sur son esprit, — un effet que le *physique* des murs gris, des tourelles et de l'étang noirâtre où se mirait tout le bâtiment, avait à la longue créé sur le *moral* de son existence.

Il admettait toutefois, mais non sans hésitation, qu'une bonne part de la mélancolie singulière dont il était affligé pouvait être attribuée à une origine plus naturelle et beaucoup plus positive, — à la maladie cruelle et déjà ancienne, — enfin, à la mort évidemment prochaine d'une sœur tendrement aimée, — sa seule société depuis de longues années, — sa dernière et sa seule parente sur la terre. — Sa mort, — dit-il avec une amertume que je n'oublierai jamais, — me laissera, — moi, le frêle et le désespéré, — dernier de l'antique race des Usher. — Pendant qu'il parlait, lady Madeline, — c'est ainsi qu'elle se nommait, — passa lentement dans une partie reculée de la chambre, et disparut sans avoir pris garde à ma présence. Je la regardai avec un immense étonnement, où se mêlait quelque terreur; mais il me sembla impossible de me rendre compte de mes sentiments. Une sensation de stupeur m'oppressait, pendant que mes yeux suivaient ses pas qui s'éloignaient. Lorsque enfin une porte se fut fermée sur elle, mon regard chercha instinctivement et curieusement la physionomie de son frère;

— mais il avait plongé sa face dans ses mains, et je pus voir seulement qu'une pâleur plus qu'ordinaire s'était répandue sur les doigts amaigris, à travers lesquels filtrait une pluie de larmes passionnées.

La maladie de lady Madeline avait longtemps bafoué la science de ses médecins. Une apathie fixe, un épuisement graduel de sa personne, et des crises fréquentes, quoique passagères, d'un caractère presque cataleptique, en étaient les diagnostics très-singuliers. Jusque-là, elle avait bravement porté le poids de la maladie et ne s'était pas encore résignée à se mettre au lit; sur la fin du soir de mon arrivée au château elle cédait — comme son frère me le dit dans la nuit avec une inexprimable agitation — à la puissance écrasante du fléau, et j'appris que le coup d'œil que j'avais jeté sur elle serait probablement le dernier, — que je ne verrais plus la dame, vivante du moins.

Pendant les quelques jours qui suivirent, son nom ne fut prononcé ni par Usher ni par moi; et durant cette période je m'épuisai en efforts pour alléger la mélancolie de mon ami. Nous peignîmes et nous lûmes ensemble; ou bien j'écoutais, comme dans un rêve, ses étranges improvisations sur son éloquente guitare. Et ainsi, à mesure qu'une intimité de plus en plus étroite m'ouvrait plus familièrement les profondeurs de son âme, je reconnaissais plus amèrement la vanité de tous mes efforts pour ranimer un esprit, d'où la nuit, comme une propriété qui lui aurait été inhérente, déversait sur tous les objets de l'univers physique et moral une irradiation incessante de ténèbres.

Je garderai toujours le souvenir de maintes heures solennelles que j'ai passées seul avec le maître de la Maison Usher. Mais j'essaierais vainement de définir le caractère exact des études ou des occupations dans lesquelles il m'entraînait ou me montrait le chemin. Une idéalité ardente, excessive, morbide, projetait sur toutes choses sa lumière sulfureuse. Ses longues et funèbres improvisations résonneront éternellement dans mes oreilles. Entre autres choses, je me rappelle douloureusement une certaine paraphrase singulière, — une perversion de l'air, déjà fort étrange, de la dernière valse de von Weber. Quant aux peintures que couvait sa laborieuse fantaisie, et qui arrivaient, touche par touche, à un vague qui me donnait le frisson, un frisson d'autant plus pénétrant que je frissonnais sans savoir pourquoi, — quant à ces peintures, si vivantes pour moi, que j'ai encore leurs images dans mes yeux, — j'essaierais vainement d'en extraire un échantillon suffisant, qui pût tenir dans le compas de la parole écrite. Par l'absolue simplicité, par la nudité de ses dessins, il arrêtait, il subjuguait l'attention. Si jamais mortel peignit une idée, ce mortel fut Roderick Usher. Pour moi, du moins, — dans les circonstances qui m'entouraient, — il s'élevait, des pures abstractions que l'hypocondriaque s'ingéniait à jeter sur sa toile, une terreur intense, irrésistible, dont je n'ai jamais senti l'ombre dans la contemplation des rêveries de Fuseli lui-même, éclatantes sans doute, mais encore trop concrètes.

Il est une des conceptions fantasmagoriques de mon ami où l'esprit d'abstraction n'avait pas une part aussi exclusive, et qui peut être esquissée, quoique faiblement, par la parole. C'était un petit tableau représentant l'intérieur d'une cave ou d'un souterrain immensément long, rectangulaire, avec des murs bas, polis, blancs, sans aucun ornement, sans aucune interruption. Certains détails accessoires de la composition servaient à faire comprendre que cette galerie se trouvait à une profondeur excessive au-dessous de la surface de la terre. On n'apercevait aucune issue dans son immense parcours ; on ne distinguait aucune torche, aucune source artificielle de lumière ; et cependant une effusion de rayons intenses roulait de l'un à l'autre bout et baignait le tout d'une splendeur fantastique et incompréhensible.

J'ai dit un mot de l'état morbide du nerf acoustique qui rendait pour le malheureux toute musique intolérable, excepté certains effets des instruments à corde. C'étaient peut-être les étroites limites dans lesquelles il avait confiné son talent sur la guitare qui avaient, en grande partie, imposé à ses compositions leur caractère fantastique. Mais, quant à la brûlante facilité de ses improvisations, on ne pouvait s'en rendre compte de la même manière. Il fallait évidemment qu'elles fussent et elles étaient, en effet, dans les notes aussi bien que dans les paroles de ses étranges fantaisies, — car il accompagnait souvent sa musique de paroles improvisées et rimées, — le résultat de cet intense recueillement et de cette concentration des forces mentales, qui ne se manifestent, comme je l'ai déjà dit, que dans les cas particuliers de la plus haute excitation artificielle. D'une de ces rapsodies je me suis rappelé facilement les paroles. Peut-être m'impressionna-t-elle plus fortement, quand il me la montra, parce que, dans le sens intérieur et mystérieux de l'œuvre, je découvris pour la première fois qu'Usher avait pleine conscience de son état, — qu'il sentait que sa sublime raison chancelait sur son trône. Ces vers, qui avaient pour titre *Le Palais hanté*, étaient, à très-peu de chose près, tels que je les cite :

I

Dans la plus verte de nos vallées,
Par les bons anges habitée,
Autrefois un beau et majestueux palais,
— Un rayonnant palais, — dressait son front.
C'était dans le domaine du monarque Pensée,
C'était là qu'il s'élevait :
Jamais Séraphin ne déploya son aile
Sur un édifice à moitié aussi beau.

II

Des bannières blondes, superbes, dorées,
À son dôme flottaient et ondulaient;
(C'était, — tout cela, c'était dans le vieux,
Dans le très-vieux temps,)
Et, à chaque douce brise qui se jouait
Dans ces suaves journées,
Le long des remparts chevelus et pâles,
S'échappait un parfum ailé.

III

Les voyageurs, dans cette heureuse vallée,
À travers deux fenêtres lumineuses, voyaient
Des esprits qui se mouvaient harmonieusement
Au commandement d'un luth bien accordé,
Tout autour d'un trône, où, siégeant
— Un vrai Porphyrogénète, celui-là! —
Dans un apparat digne de sa gloire,
Apparaissait le maître du royaume.

IV

Et tout étincelante de nacre et de rubis
    Était la porte du beau palais,
Par laquelle coulait à flots, à flots, à flots,
    Et pétillait incessamment
Une troupe d'Echos dont l'agréable fonction
    Était simplement de chanter,
Avec des accents d'une exquise beauté,
    L'esprit et la sagesse de leur roi.

V

Mais des êtres de malheur, en robes de deuil,
    Ont assailli la haute autorité du monarque.
— Ah ! pleurons ! car jamais l'aube d'un lendemain
    Ne brillera sur lui, le désolé ! —
Et, tout autour de sa demeure, la gloire
    Qui s'empourprait et florissait
N'est plus qu'une histoire, souvenir ténébreux
    Des vieux âges défunts.

VI

Et maintenant les voyageurs, dans cette vallée,
    À travers les fenêtres rougeâtres, voient
De vastes formes qui se meuvent fantastiquement
    Aux sons d'une musique discordante ;
Pendant que, comme une rivière rapide et lugubre,
    À travers la porte pâle,
Une hideuse multitude se rue éternellement,
Qui va éclatant de rire, — ne pouvant plus sourire.

Je me rappelle fort bien que les inspirations naissant de cette ballade nous jetèrent dans un courant d'idées, au milieu duquel se manifesta une opinion d'Usher que je cite, non pas tant en raison de sa nouveauté, — car d'autres hommes[1] ont pensé de même, — qu'à cause de l'opiniâtreté avec laquelle il la soutenait. Cette opinion, dans sa forme générale, n'était autre que la croyance à la sensitivité de tous les êtres végétaux. Mais, dans son imagination déréglée, l'idée avait pris un caractère encore plus audacieux, et empiétait, dans de certaines conditions, jusque sur le règne inorganique. Les mots me manquent pour exprimer toute l'étendue, tout le sérieux, tout l'*abandon* de sa foi. Cette croyance toutefois se rattachait — comme je l'ai déjà donné à entendre — aux pierres grises du manoir de ses ancêtres. Ici, les conditions de sensitivité étaient remplies, à ce qu'il imaginait, par la méthode qui avait présidé à la construction, — par la disposition respective des pierres, aussi bien que de toutes les fongosités dont elles étaient revêtues, et des arbres ruinés qui s'élevaient à l'entour, — mais surtout par l'immutabilité de cet arrangement et par sa répercussion dans les eaux dormantes de l'étang. La preuve, — la preuve de cette sensitivité se faisait voir — disait-il, et je l'écoutais alors avec inquiétude, — dans la condensation graduelle, mais positive, au-dessus des eaux, autour des murs, d'une atmosphère qui leur était propre. Le résultat, — ajoutait-il, — se déclarait dans cette influence muette, mais importune et terrible, qui depuis des siècles avait pour ainsi dire moulé les destinées de sa famille, et qui le faisait, *lui*, tel que je le voyais maintenant, — tel qu'il était. De pareilles opinions n'ont pas besoin de commentaires, et je n'en ferai pas.

1. Watson, Percival, Spallanzani, et particulièrement l'évêque de Landaff; voir les *Chemical Essays*, vol. V.

Nos livres, — les livres qui depuis des années constituaient une grande partie de l'existence spirituelle du malade, — étaient, comme on le suppose bien, en accord parfait avec ce caractère de visionnaire. Nous analysions ensemble des ouvrages tels que le *Vert-Vert* et la *Chartreuse*, de Gresset; le *Belphégor*, de Machiavel; *les Merveilles du Ciel et de l'Enfer*, de Swedenborg; le *Voyage souterrain de Nicholas Klimm*, par Holberg; *la Chiromancie*, de Robert Flud, de Jean d'Indaginé et de De la Chambre; le *Voyage dans le Bleu*, de Tieck, et *la Cité du Soleil*, de Campanella. Un de ses volumes favoris était une petite édition in-octavo du *Directorium inquisitorium*, par le dominicain Eymeric de Gironne; et il y avait des passages dans Pomponius Méla, à propos des anciens Satyres africains et des Ægipans, sur lesquels Usher rêvassait pendant des heures. Il faisait néanmoins ses principales délices de la lecture d'un in-quarto gothique excessivement rare et curieux, — le manuel d'une église oubliée, — les *Vigiliæ Mortuorum secundum Chorum Ecclesiæ Maguntinæ*.

Je songeais malgré moi à l'étrange rituel contenu dans ce livre et à son influence probable sur l'hypocondriaque, quand, un soir, m'ayant informé brusquement que lady Madeline n'existait plus, il annonça l'intention de conserver le corps pendant une quinzaine — en attendant l'enterrement définitif — dans un des nombreux caveaux situés sous les gros murs du château. La raison humaine qu'il donnait de cette singulière manière d'agir était une de ces raisons que je ne me sentais pas le droit de contredire. Comme frère, — me disait-il, — il avait pris cette résolution en considération du caractère insolite de la maladie de la défunte, d'une certaine curiosité importune et indiscrète de la part des hommes de science, et de la situation éloignée et fort exposée du caveau de famille. J'avouerai que, quand je me rappelai la physionomie sinistre de l'individu que j'avais rencontré sur l'escalier, le soir de mon arrivée au château, je n'eus pas envie de m'opposer à ce que je regardais comme une précaution bien innocente, sans doute, mais certainement fort naturelle.

À la prière d'Usher, je l'aidai personnellement dans les préparatifs de cette sépulture temporaire. Nous mîmes le corps dans la bière, et, à nous deux, nous le portâmes à son lieu de repos. Le caveau dans lequel nous le déposâmes, — et qui était resté fermé depuis si longtemps, que nos torches, à moitié étouffées dans cette atmosphère suffocante, ne nous permettaient guère d'examiner les lieux, — était petit, humide, et n'offrait aucune voie à la lumière du jour ; il était situé, à une grande profondeur, juste au-dessous de cette partie du bâtiment où se trouvait ma chambre à coucher. Il avait rempli probablement, dans les vieux temps féodaux, l'horrible office d'oubliettes, et, dans les temps postérieurs, de cave à serrer la poudre ou toute autre matière facilement inflammable ; car une partie du sol et toutes les parois d'un long vestibule que nous traversâmes pour y arriver étaient soigneusement revêtues de cuivre. La porte, de fer massif, avait été l'objet des mêmes précautions. Quand ce poids immense roulait sur ses gonds, il rendait un son singulièrement aigu et discordant.

Nous déposâmes donc notre fardeau funèbre sur des tréteaux dans cette région d'horreur ; nous tournâmes un peu de côté le couvercle de la bière qui n'était pas encore vissé, et nous regardâmes la face du cadavre. Une ressemblance frappante entre le frère et la sœur fixa tout d'abord mon attention ; et Usher, devinant peut-être mes pensées, murmura quelques paroles qui m'apprirent que la défunte et lui étaient jumeaux, et que des sympathies d'une nature presque inexplicable avaient toujours existé entre eux. Nos regards, néanmoins, ne restèrent pas longtemps fixés sur la morte, — car nous ne pouvions pas la contempler sans effroi. Le mal qui avait mis au tombeau lady Madeline dans la plénitude de sa jeunesse avait laissé, comme cela arrive ordinairement dans toutes les maladies d'un caractère strictement cataleptique, l'ironie d'une faible coloration sur le sein et sur la face, et sur la lèvre ce sourire équivoque et languissant qui est si terrible dans la mort. Nous replaçâmes et nous vissâmes le couvercle, et, après avoir assujetti la porte de fer, nous reprîmes avec lassitude notre chemin vers les appartements supérieurs, qui n'étaient guère moins mélancoliques.

Et alors, après un laps de quelques jours pleins du chagrin le plus amer, il s'opéra un changement visible dans les symptômes de la maladie morale de mon ami. Ses manières ordinaires avaient disparu. Ses occupations habituelles étaient négligées, oubliées. Il errait de chambre en chambre d'un pas précipité, inégal et sans but. La pâleur de sa physionomie avait revêtu une couleur peut-être encore plus spectrale ; — mais la propriété lumineuse de son œil avait entièrement disparu. Je n'entendais plus ce ton de voix âpre qu'il prenait autrefois à l'occasion ; et un tremblement qu'on eût dit causé par une extrême terreur caractérisait habituellement sa prononciation. Il m'arrivait quelquefois, en vérité, de me figurer que son esprit, incessamment agité, était travaillé par quelque suffocant secret et qu'il ne pouvait trouver le courage nécessaire pour le révéler. D'autres fois, j'étais obligé de conclure simplement aux bizarreries inexplicables de la folie ; car je le voyais regardant dans le vide pendant de longues heures, dans l'attitude de la plus profonde attention, comme s'il écoutait un bruit imaginaire. Il ne faut pas s'étonner que son état m'effrayât, — qu'il m'infectât même. Je sentais se glisser en moi, par une gradation lente mais sûre, l'étrange influence de ses superstitions fantastiques et contagieuses.

Ce fut particulièrement une nuit, — la septième ou la huitième depuis que nous avions déposé lady Madeline dans le caveau, — fort tard, avant de me mettre au lit, que j'éprouvai toute la puissance de ces sensations. Le sommeil ne voulait pas approcher de ma couche ; — les heures, une à une, tombaient, tombaient toujours. Je m'efforçai de raisonner l'agitation nerveuse qui me dominait. J'essayai de me persuader que je devais ce que j'éprouvais, en partie, sinon absolument, à l'influence prestigieuse du mélancolique ameublement de la chambre, — des sombres draperies déchirées, qui, tourmentées par le souffle d'un orage naissant, vacillaient çà et là sur les murs, comme par accès, et bruissaient douloureusement autour des ornements du lit.

Mais mes efforts furent vains. Une insurmontable terreur pénétra graduellement tout mon être ; et à la longue une angoisse sans motif, un vrai cauchemar, vint s'asseoir sur mon cœur. Je respirai violemment, je fis un effort, je parvins à le secouer ; et, me soulevant sur les oreillers et plongeant ardemment mon regard dans l'épaisse obscurité de la chambre, je prêtai l'oreille — je ne saurais dire pourquoi, si ce n'est que j'y fus poussé par une force instinctive, — à certains sons bas et vagues qui partaient je ne sais d'où, et qui m'arrivaient à de longs intervalles, à travers les accalmies de la tempête. Dominé par une sensation intense d'horreur, inexplicable et intolérable, je mis mes habits à la hâte, — car je sentais que je ne pourrais pas dormir de la nuit, — et je m'efforçai, en marchant çà et là à grands pas dans la chambre, de sortir de l'état déplorable dans lequel j'étais tombé.

J'avais à peine fait ainsi quelques tours, quand un pas léger sur un escalier voisin arrêta mon attention. Je reconnus bientôt que c'était le pas d'Usher. Une seconde après, il frappa doucement à ma porte, et entra, une lampe à la main. Sa physionomie était, comme d'habitude, d'une pâleur cadavéreuse, — mais il y avait en outre dans ses yeux je ne sais quelle hilarité insensée, — et dans toutes ses manières une espèce d'hystérie évidemment contenue. Son air m'épouvanta : — mais tout était préférable à la solitude que j'avais endurée si longtemps, et j'accueillis sa présence comme un soulagement.

— Et vous n'avez pas vu cela ? — dit-il brusquement, après quelques minutes de silence et après avoir promené autour de lui un regard fixe, — vous n'avez donc pas vu cela ? — Mais attendez ! vous le verrez ! — Tout en parlant ainsi, et ayant soigneusement abrité sa lampe, il se précipita vers une des fenêtres, et l'ouvrit toute grande à la tempête.

L'impétueuse furie de la rafale nous enleva presque du sol. C'était vraiment une nuit d'orage affreusement belle, une nuit unique et étrange dans son horreur et sa beauté. Un tourbillon s'était probablement concentré dans notre voisinage ; car il y avait des changements fréquents et violents dans la direction du vent, et l'excessive densité des nuages, maintenant descendus si bas qu'ils pesaient presque sur les tourelles du château, ne nous empêchait pas d'apprécier la vélocité vivante avec laquelle ils accouraient l'un contre l'autre de tous les points de l'horizon, au lieu de se perdre dans l'espace. Leur excessive densité ne nous empêchait pas de voir ce phénomène ; pourtant nous n'apercevions pas un brin de lune ni d'étoiles, et aucun éclair ne projetait sa lueur. Mais les surfaces inférieures de ces vastes masses de vapeurs cahotées, aussi bien que tous les objets terrestres situés dans notre étroit horizon, réfléchissaient la clarté surnaturelle d'une exhalaison gazeuse qui pesait sur la maison et l'enveloppait dans un linceul presque lumineux et distinctement visible.

— Vous ne devez pas voir cela ! — Vous ne contemplerez pas cela ! — dis-je en frissonnant à Usher ; et je le ramenai avec une douce violence de la fenêtre vers un fauteuil. — Ces spectacles qui vous mettent hors de vous sont des phénomènes purement électriques et fort ordinaires, — ou peut-être tirent-ils leur funeste origine des miasmes fétides de l'étang. Fermons cette fenêtre ; — l'air est glacé et dangereux pour votre constitution. Voici un de vos romans favoris. Je lirai, et vous écouterez ; — et nous passerons ainsi cette terrible nuit ensemble.

L'antique bouquin sur lequel j'avais mis la main était le *Mad Trist,* de sir Launcelot Canning ; mais je l'avais décoré du titre de livre favori d'Usher par plaisanterie ; — triste plaisanterie, car, en vérité, dans sa niaise et baroque prolixité, il n'y avait pas grande pâture pour la haute spiritualité de mon ami. Mais c'était le seul livre que j'eusse immédiatement sous la main ; et je me berçais du vague espoir que l'agitation qui tourmentait l'hypocondriaque trouverait du soulagement (car l'histoire des maladies mentales est pleine d'anomalies de ce genre) dans l'exagération même des folies que j'allais lui lire. À en juger par l'air d'intérêt étrangement tendu avec lequel il écoutait ou feignait d'écouter les phrases du récit, j'aurais pu me féliciter du succès de ma ruse.

J'étais arrivé à cette partie si connue de l'histoire où Ethelred, le héros du livre, ayant en vain cherché à entrer à l'amiable dans la demeure d'un ermite, se met en devoir de s'introduire par la force. Ici, on s'en souvient, le narrateur s'exprime ainsi :

« Et Ethelred, qui était par nature un cœur vaillant, et qui maintenant était aussi très fort, en raison de l'efficacité du vin qu'il avait bu, n'attendit pas plus longtemps pour parlementer avec l'ermite, qui avait, en vérité, l'esprit tourné à l'obstination et à la malice, mais, sentant la pluie sur ses épaules et craignant l'explosion de la tempête, il leva bel et bien sa massue, et avec quelques coups fraya bien vite un chemin, à travers les planches de la porte, à sa main gantée de fer; et, tirant avec sa main vigoureusement à lui, il fit craquer, et se fendre, et sauter le tout en morceaux, si bien que le bruit du bois sec et sonnant le creux porta l'alarme et fut répercuté d'un bout à l'autre de la forêt. »

À la fin de cette phrase, je tressaillis et je fis une pause; car il m'avait semblé, — mais je conclus bien vite à une illusion de mon imagination, — il m'avait semblé que d'une partie très-reculée du manoir était venu confusément à mon oreille un bruit qu'on eût dit, à cause de son exacte analogie, l'écho étouffé, amorti, de ce bruit de craquement et d'arrachement si précieusement décrit par sir

Launcelot. Évidemment, c'était la coïncidence seule qui avait arrêté mon attention; car, parmi le claquement des châssis des fenêtres et tous les bruits confus de la tempête toujours croissante, le son en lui-même n'avait rien vraiment qui pût m'intriguer ou me troubler. Je continuai le récit :

« Mais Ethelred, le solide champion, passant alors la porte, fut grandement furieux et émerveillé de n'apercevoir aucune trace du malicieux ermite, mais en son lieu et place un dragon d'une apparence monstrueuse et écailleuse, avec une langue de feu, qui se tenait en sentinelle devant un palais d'or, dont le plancher était d'argent; et sur le mur était suspendu un bouclier d'airain brillant, avec cette légende gravée dessus :

Celui-là qui entre ici a été le vainqueur;
Celui-là qui tue le dragon, il aura gagné le bouclier.

» Et Ethelred leva sa massue et frappa sur la tête du dragon, qui tomba devant lui et rendit son souffle empesté avec un rugissement si épouvantable, si âpre et si perçant à la fois, qu'Ethelred fut obligé de se boucher les oreilles avec ses mains, pour se garantir de ce bruit terrible, tel qu'il n'en avait jamais entendu de semblable. »

Ici, je fis brusquement une nouvelle pause, et cette fois avec un sentiment de violent étonnement, — car il n'y avait pas lieu à douter que je n'eusse réellement entendu (dans quelle direction, il m'était impossible de le deviner) un son affaibli et comme lointain, mais âpre, prolongé, singulièrement perçant et grinçant, — l'exacte contrepartie du cri surnaturel du dragon décrit par le romancier, et tel que mon imagination se l'était déjà figuré.

Oppressé, comme je l'étais évidemment lors de

cette seconde et très-extraordinaire coïncidence, par mille sensations contradictoires, parmi lesquelles dominaient un étonnement et une frayeur extrêmes, je gardai néanmoins assez de présence d'esprit pour éviter d'exciter par une observation quelconque la sensibilité nerveuse de mon camarade. Je n'étais pas du tout sûr qu'il eût remarqué les bruits en question, quoique bien certainement une étrange altération se fût depuis ces dernières minutes manifestée dans son maintien. De sa position primitive, juste vis-à-vis de moi, il avait peu à peu tourné son fauteuil de manière à se trouver assis la face tournée vers la porte de la chambre ; en sorte que je ne pouvais pas voir ses traits d'ensemble, — quoique je m'aperçusse bien que ses lèvres tremblaient comme si elles murmuraient quelque chose d'insaisissable. Sa tête était tombée sur sa poitrine ; — cependant, je savais qu'il n'était pas endormi ; — l'œil que j'entrevoyais de profil était béant et fixe. D'ailleurs, le mouvement de son corps contredisait aussi cette idée, — car il se balançait d'un côté à l'autre avec un mouvement très-doux, mais constant et uniforme. Je remarquai rapidement tout cela, et repris le récit de sir Launcelot, qui continuait ainsi :

« Et maintenant, le brave champion, ayant échappé à la terrible furie du dragon, se souvenant du bouclier d'airain, et que l'enchantement qui était dessus était rompu, écarta le cadavre de devant son chemin et s'avança courageusement, sur le pavé d'argent du château, vers l'endroit du mur où pendait le bouclier, lequel, en vérité, n'attendit pas qu'il fût arrivé tout auprès, mais tomba à ses pieds sur le pavé d'argent avec un puissant et terrible retentissement. »

À peine ces dernières syllabes avaient-elles fui mes lèvres, que, — comme si un bouclier d'airain était pesamment tombé, en ce moment même, sur un plancher d'argent, — j'en entendis l'écho distinct, profond, métallique, retentissant, mais comme assourdi. J'étais complètement énervé ; je sautai sur mes pieds ; mais Usher n'avait pas interrompu son balancement régulier. Je me précipitai vers le fauteuil où il était toujours assis. Ses yeux étaient braqués droit devant lui, et toute sa physionomie était tendue par une rigidité de pierre. Mais, quand je posai la main sur son épaule, un violent frisson parcourut tout son être, un sourire malsain trembla sur ses lèvres, et je vis qu'il parlait bas, très-bas, — un murmure précipité et inarticulé, — comme s'il n'avait pas conscience de ma présence. Je me penchai tout à fait contre lui, et enfin je dévorai l'horrible signification de ses paroles :

— Vous n'entendez pas ? — Moi, j'entends, et *j'ai* entendu pendant longtemps, — longtemps, bien longtemps, bien des minutes, bien des heures, bien des jours, j'ai entendu, — mais je n'osais pas, — oh ! pitié pour moi misérable infortuné que je suis ! — je n'osais pas, — je *n'osais pas* parler ! *Nous l'avons mise vivante dans la tombe !* Ne vous ai-je pas dit que mes sens étaient très-fins ? Je vous dis *maintenant* que j'ai entendu ses premiers faibles mouvements dans le fond de la bière. Je les ai entendus, — il y a déjà bien des jours, bien des jours, — mais je n'osais pas, — *je n'osais pas parler !* Et maintenant, — cette nuit, — Ethelred, — ha ! ha ! — la porte de l'ermite enfoncée, et le râle du dragon et le retentissement du bouclier ! — dites plutôt le bris de sa bière, et le grincement des gonds de fer de sa prison, et son affreuse lutte dans le vestibule de cuivre ! Oh ! où fuir ? Ne sera-t-elle pas ici tout à l'heure ? N'arrive-t-elle pas pour me reprocher ma précipitation ? N'ai-je pas entendu son pas sur l'escalier ? Est-ce que je ne distingue pas l'horrible et lourd battement de son cœur ! Insensé ! — Ici, il se dressa furieusement sur ses pieds, et hurla ces syllabes, comme si dans cet effort suprême il rendait son âme : — *Insensé ! je vous dis qu'elle est maintenant derrière la porte !* À l'instant même, comme si l'énergie surhumaine de sa parole eût acquis la toute-puissance d'un charme, les vastes et antiques panneaux que désignait Usher entrouvrirent lentement leurs lourdes mâchoires d'ébène. C'était l'œuvre d'un furieux coup de vent ; — mais derrière cette porte se tenait alors la haute figure de lady Madeline Usher, enveloppée de son suaire. Il y avait du sang sur ses vêtements blancs, et toute sa personne amaigrie portait les traces évidentes de quelque horrible lutte. Pendant un moment, elle resta tremblante et vacillante sur le seuil ; — puis, avec un cri plaintif et profond, elle tomba lourdement en avant sur son frère, et, dans sa violente et définitive agonie, elle l'entraîna à terre, — cadavre maintenant et victime de ses terreurs anticipées.

Je m'enfuis de cette chambre et de ce manoir, frappé d'horreur. La tempête était encore dans toute sa rage quand je franchissais la vieille avenue. Tout d'un coup, une lumière étrange se projeta sur la route, et je me retournai pour voir d'où pouvait jaillir une lueur si singulière, car je n'avais derrière moi que le vaste château avec toutes ses ombres. Le rayonnement provenait de la pleine lune qui se couchait, rouge de sang, et maintenant brillait vivement à travers cette fissure à peine visible naguère, qui, comme je l'ai dit, parcourait en zigzag le bâtiment depuis le toit jusqu'à la base. Pendant que je regardais, cette fissure s'élargit rapidement ; — il survint une reprise de vent, un tourbillon furieux ; — le disque entier de la planète éclata tout à coup à ma vue. La tête me tourna quand je vis les puissantes murailles s'écrouler en deux. — Il se fit un bruit prolongé, un fracas tumultueux comme la voix de mille cataractes, — et l'étang profond et croupi placé à mes pieds se referma tristement et silencieusement sur les ruines de la *Maison Usher*.

Manuscrit trouvé dans une bouteille

Qui n'a plus qu'un moment à vivre
N'a plus rien à dissimuler.

QUINAULT. — *Atys.*

De mon pays et de ma famille, je n'ai pas grand-chose à dire. De mauvais procédés et l'accumulation des années m'ont rendu étranger à l'un et à l'autre. Mon patrimoine me fit bénéficier d'une éducation peu commune, et un tour contemplatif d'esprit me rendit apte à classer méthodiquement tout ce matériel d'instruction diligemment amassé par une étude précoce. Par-dessus tout, les ouvrages des philosophes allemands me procuraient de grandes délices ; cela ne venait pas d'une admiration mal avisée pour leur éloquente folie, mais du plaisir que, grâce à mes habitudes d'analyse rigoureuse, j'avais à surprendre leurs erreurs. On m'a souvent reproché l'aridité de mon génie ; un manque d'imagination m'a été imputé comme un crime, et le pyrrhonisme de mes opinions a fait de moi, en tout temps, un homme fameux. En réalité, une forte appétence pour la philosophie physique a, je le crains, imprégné mon esprit d'un des défauts les plus communs de ce siècle, — je veux dire de l'habitude de rapporter aux principes de cette science les circonstances même les moins susceptibles d'un pareil rapport. Par-dessus tout, personne n'était moins exposé que moi à se laisser entraîner hors de la sévère juridiction de la vérité par les feux follets de la superstition. J'ai jugé à propos de donner ce préambule, dans la crainte que l'incroyable récit que j'ai à faire ne soit considéré plutôt comme la frénésie d'une imagination indigeste que comme l'expérience positive d'un esprit pour lequel les rêveries de l'imagination ont été lettre morte et nullité.

Après plusieurs années dépensées dans un lointain voyage, je m'embarquai, en 18.., à Batavia, dans la riche et populeuse île de Java, pour une promenade dans l'archipel des îles de la Sonde. Je me mis en route, comme passager, — n'ayant pas d'autre mobile qu'une nerveuse instabilité qui me *hantait* comme un mauvais esprit.

Notre bâtiment était un bateau d'environ quatre cents tonneaux, doublé en cuivre et construit à Bombay en teck de Malabar. Il était chargé de coton, de laine et d'huiles des Laquedives. Nous avions aussi à bord du filin de cocotier, du sucre de palmier, de l'huile de beurre bouilli, des noix de coco, et quelques caisses d'opium. L'arrimage avait été mal fait, et le navire conséquemment donnait de la bande.

Nous mîmes sous voiles avec un souffle de vent, et, pendant plusieurs jours, nous restâmes le long de la côte orientale de Java, sans autre incident pour tromper la monotonie de notre route que la rencontre de quelques-uns des petits grabs de l'archipel où nous étions confinés.

Un soir, comme j'étais appuyé sur le bastingage de la dunette, j'observai un très singulier nuage, isolé, vers le nord-ouest. Il était remarquable autant par sa couleur que parce qu'il était le premier que nous eussions vu depuis notre départ de Batavia. Je le surveillai attentivement jusqu'au coucher du soleil; alors, il se répandit tout d'un coup de l'est à l'ouest, cernant l'horizon d'une ceinture précise de vapeur, et apparaissant comme une longue ligne de côte très basse. Mon attention fut bientôt après attirée par l'aspect rouge et brun de la lune et le caractère particulier de la mer. Cette dernière subissait un changement rapide, et l'eau semblait plus transparente que d'habitude. Je pouvais distinctement voir le fond, et cependant, en jetant la sonde, je trouvai que nous étions sur quinze brasses. L'air était devenu intolérablement chaud et se chargeait d'exhalaisons spirales semblables à celles qui s'élèvent du fer chauffé. Avec la nuit, toute la brise tomba, et nous fûmes pris par un calme plus complet qu'il n'est possible de le concevoir. La flamme d'une bougie brûlait à l'arrière sans le mouvement le moins sensible, et un long cheveu tenu entre l'index et le pouce tombait droit et sans la moindre oscillation. Néanmoins, comme le capitaine disait qu'il n'apercevait aucun symptôme de danger, et comme nous dérivions vers la terre par le travers, il commanda de carguer les voiles et de filer l'ancre. On ne mit point de vigie de quart, et l'équipage, qui se composait principalement de Malais, se coucha délibérément sur le pont. Je descendis dans la chambre, — non sans le parfait pressentiment d'un malheur. En réalité, tous ces symptômes me donnaient à craindre un simoun. Je parlai de mes craintes au capitaine; mais il ne fit pas attention à ce que je lui disais, et me quitta sans daigner me faire une réponse. Mon malaise, toutefois, m'empêcha de dormir, et, vers minuit, je montai sur le pont. Comme je mettais le pied sur la dernière marche du capot d'échelle, je fus effrayé par un profond bourdonnement semblable à celui que produit l'évolution rapide d'une roue de moulin, et, avant que j'eusse pu en vérifier la cause, je sentis que le navire tremblait dans son centre. Presque aussitôt, un coup de mer nous jeta sur le côté, et, courant par-dessus nous, balaya tout le pont de l'avant à l'arrière.

L'extrême furie du coup de vent fit, en grande partie, le salut du navire. Quoiqu'il fût absolument engagé dans l'eau, comme ses mâts s'en étaient allés par-dessus bord, il se releva lentement une minute après, et, vacillant quelques instants sous l'immense pression de la tempête, finalement il se redressa.

Par quel miracle échappai-je à la mort, il m'est impossible de le dire. Étourdi par le choc de l'eau, je me trouvai pris, quand je revins à moi, entre l'étambot et le gouvernail. Ce fut à grand-peine que je me remis sur mes pieds, et, regardant vertigineusement autour de moi, je fus d'abord frappé de l'idée que nous étions sur des brisants, tant était effrayant, au-delà de toute imagination, le tourbillon de cette mer énorme et écumante dans laquelle nous étions engouffrés. Au bout de quelques instants, j'entendis la voix d'un vieux Suédois qui s'était embarqué avec nous au moment où nous quittions le port. Je le hélai de toute ma force, et il vint en chancelant me rejoindre à l'arrière. Nous reconnûmes bientôt que nous étions les seuls survivants du sinistre. Tout ce qui était sur le pont, nous exceptés, avait été balayé par-dessus bord ; le capitaine et les matelots avaient péri pendant leur sommeil, car les cabines avaient été inondées par la mer. Sans auxiliaires, nous ne pouvions pas espérer de faire grand-chose pour la sécurité du navire, et nos tentatives furent d'abord paralysées par la croyance où nous étions que nous allions sombrer d'un moment à l'autre. Notre câble avait cassé comme un fil d'emballage au premier souffle de l'ouragan ; sans cela, nous eussions été engloutis instantanément. Nous fuyions devant la mer avec une vélocité effrayante, et l'eau nous faisait des brèches visibles. La charpente de notre arrière était excessivement endommagée, et, presque sous tous les rapports, nous avions essuyé de cruelles avaries ; mais, à notre grande joie, nous trouvâmes que les pompes n'étaient pas engorgées, et que notre chargement n'avait pas été très dérangé.

La plus grande furie de la tempête était passée, et nous n'avions plus à craindre la violence du vent ; mais nous pensions avec terreur au cas de sa totale cessation, bien persuadés que, dans notre état d'avarie, nous ne pourrions pas résister à l'épouvantable houle qui s'ensuivrait ; mais cette très juste appréhension ne semblait pas si près de se vérifier. Pendant cinq nuits et cinq jours entiers, durant lesquels nous vécûmes de quelques morceaux de sucre de palmier tirés à grand-peine du gaillard d'avant, notre coque fila avec une vitesse incalculable devant des reprises de vent qui se succédaient rapidement, et qui, sans égaler la première violence du simoun, étaient cependant plus terribles qu'aucune tempête que j'eusse essuyée jusqu'alors. Pendant les quatre premiers jours, notre route, sauf de très légères variations, fut au sud-est quart de sud, et ainsi nous serions allés nous jeter sur la côte de la Nouvelle-Hollande.

Le cinquième jour, le froid devint extrême, quoique le vent eût tourné d'un point vers le nord. Le soleil se leva avec un éclat jaune et maladif, et se hissa à quelques degrés à peine au-dessus de l'horizon, sans projeter une lumière franche. Il n'y avait aucun nuage apparent, et cependant le vent fraîchissait, fraîchissait, et soufflait avec des accès de furie. Vers midi, ou à peu près, autant que nous en pûmes juger, notre attention fut attirée de nouveau par la physionomie du soleil. Il n'émettait pas de lumière, à proprement parler, mais une espèce de feu sombre et triste, sans réflexion, comme si tous les rayons étaient polarisés. Juste avant de se plonger dans la mer grossissante, son feu central disparut soudainement comme s'il était brusquement éteint par une puissance inexplicable. Ce n'était plus qu'une roue pâle et couleur d'argent, quand il se précipita dans l'insondable Océan.

Nous attendîmes en vain l'arrivée du sixième jour ; — ce jour n'est pas encore arrivé pour moi, — pour le Suédois il n'est jamais arrivé. Nous fûmes dès lors ensevelis dans des ténèbres de poix, si bien que nous n'aurions pas vu un objet à vingt pas du navire. Nous fûmes enveloppés d'une nuit éternelle que ne tempérait même pas l'éclat phosphorique de la mer auquel nous étions accoutumés sous les tropiques. Nous observâmes aussi que, quoique la tempête continuât à faire rage sans accalmie, nous ne découvrions plus aucune apparence de ce ressac et de ces moutons qui nous avaient accompagnés jusque-là. Autour de nous, tout n'était qu'horreur, épaisse obscurité, un noir désert d'ébène liquide. Une terreur superstitieuse s'infiltrait par degrés dans l'esprit du vieux Suédois, et mon âme, quant à moi, était plongée dans une muette stupéfaction.

Nous avions abandonné tout soin du navire, comme chose plus qu'inutile, et nous attachant de notre mieux au tronçon du mât de misaine, nous promenions nos regards avec amertume sur l'immensité de l'Océan. Nous n'avions aucun moyen de calculer le temps et nous ne pouvions former aucune conjecture sur notre situation. Nous étions néanmoins bien sûrs d'avoir été plus loin dans le sud qu'aucun des navigateurs précédents, et nous éprouvions un grand étonnement de ne pas rencontrer les obstacles ordinaires de glaces. Cependant, chaque minute menaçait d'être la dernière, — chaque vague se précipitait pour nous écraser. La houle surpassait tout ce que j'avais imaginé comme possible, et c'était un miracle de chaque instant que nous ne fussions pas engloutis. Mon camarade parlait de la légèreté de notre chargement, et me rappelait les excellentes qualités de notre bateau ; mais je ne pouvais m'empêcher d'éprouver l'absolu renoncement du désespoir, et je me préparais mélancoliquement à cette mort que rien, selon moi, ne pouvait différer au-delà d'une heure, puisque, à chaque nœud que filait le navire, la houle de cette mer noire et prodigieuse devenait plus lugubrement effrayante. Parfois, à une hauteur plus grande que celle de l'albatros, la respiration nous manquait, et d'autres fois nous étions pris de vertige en descendant avec une horrible vélocité dans un enfer liquide où l'air devenait stagnant, et où aucun son ne pouvait troubler les sommeils du kraken.

Nous étions au fond d'un de ces abîmes, quand un cri soudain de mon compagnon éclata sinistrement dans la nuit.

— Voyez ! voyez ! me criait-il dans les oreilles ; Dieu tout-puissant ! Voyez ! voyez !

Comme il parlait, j'aperçus une lumière rouge, d'un éclat sombre et triste, qui flottait sur le versant du gouffre immense où nous étions ensevelis, et jetait à notre bord un reflet vacillant. En levant les yeux, je vis un spectacle qui glaça mon sang. À une hauteur terrifiante, juste au-dessus de nous et sur la crête même du précipice, planait un navire gigantesque, de quatre mille tonneaux peut-être. Quoique juché au sommet d'une vague qui avait bien cent fois sa hauteur, il paraissait d'une dimension beaucoup plus grande que celle d'aucun vaisseau de ligne ou de la Compagnie des Indes. Son énorme coque était d'un noir profond que ne tempérait aucun des ornements ordinaires d'un navire. Une simple rangée de canons s'allongeait de ses sabords ouverts et renvoyait, réfléchis par leurs surfaces polies, les feux d'innombrables fanaux de combat qui se balançaient dans le gréement. Mais ce qui nous inspira le plus d'horreur et d'étonnement, c'est qu'il marchait toutes voiles dehors, en dépit de cette mer surnaturelle et de cette tempête effrénée. D'abord, quand nous l'aperçûmes, nous ne pouvions voir que son avant, parce qu'il ne s'élevait que lentement du noir et horrible gouffre qu'il laissait derrière lui. Pendant un moment, — moment d'intense terreur, — il fit une pause sur ce sommet vertigineux, comme dans l'enivrement de sa propre élévation, — puis trembla, — s'inclina, — et enfin — glissa sur la pente.

En ce moment, je ne sais quel sang-froid soudain maîtrisa mon esprit. Me rejetant autant que possible vers l'arrière, j'attendis sans trembler la catastrophe qui devait nous écraser. Notre propre navire, à la longue, ne luttait plus contre la mer et plongeait de l'avant. Le choc de la masse précipitée le frappa conséquemment dans cette partie de la charpente qui était déjà sous l'eau, et eut pour résultat inévitable de me lancer dans le gréement de l'étranger.

Comme je tombais, ce navire se souleva dans un temps d'arrêt, puis vira de bord ; et c'est, je présume, à la confusion qui s'ensuivit que je dus d'échapper à l'attention de l'équipage. Je n'eus pas grand-peine à me frayer un chemin, sans être vu, jusqu'à la principale écoutille, qui était en partie ouverte, et je trouvai bientôt une occasion propice pour me cacher dans la cale. Pourquoi fis-je ainsi ? je ne saurais trop le dire. Ce qui m'induisit à me cacher fut peut-être un sentiment vague de terreur qui s'était emparé tout d'abord de mon esprit à l'aspect des nouveaux navigateurs. Je ne me souciais pas de me confier à une race de gens qui, d'après le coup d'œil sommaire que j'avais jeté sur eux, m'avaient offert le caractère d'une indéfinissable étrangeté et tant de motifs de doute et d'appréhension. C'est pourquoi je jugeai à propos de m'arranger une cachette dans la cale. J'enlevai une partie du faux bordage, de manière à me ménager une retraite commode entre les énormes membrures du navire.

J'avais à peine achevé ma besogne qu'un bruit de pas dans la cale me contraignit d'en faire usage. Un homme passa à côté de ma cachette d'un pas faible et mal assuré. Je ne pus pas voir son visage, mais j'eus le loisir d'observer son aspect général. Il y avait en lui tout le caractère de la faiblesse et de la caducité. Ses genoux vacillaient sous la charge des années, et tout son être en tremblait. Il se parlait à lui-même, marmottait d'une voix basse et cassée quelques mots d'une langue que je ne pus pas comprendre, et farfouillait dans un coin où l'on avait empilé des instruments d'un aspect étrange et des cartes marines délabrées. Ses manières étaient un singulier mélange de la maussaderie d'une seconde enfance et de la dignité solennelle d'un dieu. À la longue, il remonta sur le pont, et je ne le vis plus.

. . . .

Un sentiment pour lequel je ne trouve pas de mot a pris possession de mon âme, — une sensation qui n'admet pas d'analyse, qui n'a pas sa traduction dans les lexiques du passé, et pour laquelle je crains que l'avenir lui-même ne trouve pas de clef. — Pour un esprit constitué comme le mien, cette dernière considération est un vrai supplice. Jamais je ne pourrai, — je sens que je ne pourrai jamais être édifié relativement à la nature de mes idées. Toutefois, il n'est pas étonnant que ces idées soient indéfinissables, puisqu'elles sont puisées à des sources si entièrement neuves. Un nouveau sentiment — une nouvelle entité — est ajouté à mon âme.

. . . .

Il y a bien longtemps que j'ai touché pour la première fois le pont de ce terrible navire, et les rayons de ma destinée vont, je crois se concentrant et s'engloutissant dans un foyer. Incompréhensibles gens ! Enveloppés dans des méditations dont je ne puis deviner la nature, ils passent à côté de moi sans me remarquer. Me cacher est pure folie de ma part, car ce monde-là *ne veut pas voir.* Il n'y a qu'un instant, je passais juste sous les yeux du second ; peu de temps auparavant, je m'étais aventuré jusque dans la cabine du capitaine lui-même, et c'est là que je me suis procuré les moyens d'écrire ceci et tout ce qui précède. Je continuerai ce journal de temps en temps. Il est vrai que je ne puis trouver aucune occasion de le transmettre au monde ; pourtant, j'en veux faire l'essai. Au dernier moment j'enfermerai le manuscrit dans une bouteille, et je jetterai le tout à la mer.

. . . .

Un incident est survenu qui m'a de nouveau donné lieu à réfléchir. De pareilles choses sont-elles l'opération d'un hasard indiscipliné ? Je m'étais faufilé sur le pont et m'étais étendu, sans attirer l'attention de personne sur un amas d'enfléchures et de vieilles voiles, dans le fond de la yole. Tout en rêvant à la singularité de ma destinée, je barbouillais sans y penser, avec une brosse à goudron, les bords d'une bonnette soigneusement pliée et posée à côté de moi sur un baril. La bonnette est maintenant tendue sur ses bouts-dehors, et les touches irréfléchies de la brosse figurent le mot DÉCOUVERTE.

J'ai fait récemment plusieurs observations sur la structure du vaisseau. Quoique bien armé, ce n'est pas, je crois, un vaisseau de guerre. Son gréement, sa structure, tout son équipement repoussent une supposition de cette nature. Ce qu'il n'est pas, je le perçois facilement ; mais ce qu'il est, je crains qu'il ne me soit impossible de le dire. Je ne sais comment cela se fait, mais, en examinant son étrange modèle et la singulière forme de ses espars, ses proportions colossales, cette prodigieuse collection de voiles, son avant sévèrement simple et son arrière d'un style suranné, il me semble parfois que la sensation d'objets qui ne me sont pas inconnus traverse mon esprit comme un éclair, et toujours à ces ombres flottantes de la mémoire est mêlé un inexplicable souvenir de vieilles légendes étrangères et de siècles très anciens.

. . . .

J'ai bien regardé la charpente du navire. Elle est faite de matériaux qui me sont inconnus. Il y a dans le bois un caractère qui me frappe, comme le rendant, ce me semble, impropre à l'usage auquel il a été destiné. Je veux parler de son extrême porosité, considérée indépendamment des dégâts faits par les vers, qui sont une conséquence de la navigation dans ces mers, et de la pourriture résultant de la vieillesse. Peut-être, trouvera-t-on mon observation quelque peu subtile, mais il me semble que ce bois aurait tout le caractère du chêne espagnol, si le chêne espagnol pouvait être dilaté par des moyens artificiels.

En relisant la phrase précédente, il me revint à l'esprit un curieux apophtegme d'un vieux loup de mer hollandais.

— Cela est positif, disait-il toujours quand on exprimait quelque doute sur sa véracité, comme il est positif qu'il y a une mer où le navire lui-même grossit comme le corps vivant d'un marin.

....

Il y a environ une heure, je me suis senti la hardiesse de me glisser dans un groupe d'hommes de l'équipage. Ils n'ont pas eu l'air de faire attention à moi, et quoique je me tinsse juste au milieu d'eux, ils paraissaient n'avoir aucune conscience de ma présence. Comme celui que j'avais vu le premier dans la cale, ils portaient tous les signes d'une vieillesse chenue. Leurs genoux tremblaient de faiblesse; leurs épaules étaient arquées par la décrépitude; leur peau ratatinée frissonnait au vent; leur voix était basse, chevrotante et cassée; leurs yeux distillaient les larmes brillantes de la vieillesse, et leurs cheveux gris fuyaient terriblement dans la tempête. Autour d'eux, de chaque côté du pont, gisaient éparpillés des instruments mathématiques d'une structure très ancienne et tout à fait tombée en désuétude.

. . . .

J'ai parlé un peu plus haut d'une bonnette qu'on avait installée. Depuis ce moment, le navire chassé par le vent n'a pas discontinué sa terrible course droit au sud, chargé de toute sa toile disponible depuis ses pommes de mâts jusqu'à ses bouts-dehors inférieurs, et plongeant ses bouts de vergues de perroquet dans le plus effrayant enfer liquide que jamais cervelle humaine ait pu concevoir. Je viens de quitter le pont, ne trouvant plus la place tenable; cependant, l'équipage ne semble pas souffrir beaucoup. C'est pour moi le miracle des miracles qu'une si énorme masse ne soit pas engloutie tout de suite et pour toujours. Nous sommes condamnés, sans doute, à côtoyer éternellement le bord de l'éternité, sans jamais faire notre plongeon définitif dans le gouffre. Nous glissons avec la prestesse de l'hirondelle de mer sur des vagues mille fois plus effrayantes qu'aucune de celles que j'aie jamais vues; et des ondes colossales élèvent leurs têtes au-dessus de nous comme des démons de l'abîme, mais comme des démons restreints aux simples menaces et auxquels il est défendu de détruire. Je suis porté à attribuer cette bonne chance perpétuelle à la seule cause naturelle qui puisse légitimer un pareil effet. Je suppose que le navire est soutenu par quelque fort courant ou remous sous-marin.

. . . .

J'ai vu le capitaine face à face, et dans sa propre cabine; mais, comme je m'y attendais, il n'a fait aucune attention à moi. Bien qu'il n'y ait rien dans sa physionomie générale qui révèle, pour l'œil du premier venu, quelque chose de supérieur ou d'inférieur à l'homme, toutefois l'étonnement que j'éprouvai à son aspect se mêlait d'un sentiment de respect et de terreur irrésistible. Il est à peu près de ma taille, c'est-à-dire de cinq pieds huit pouces environ. Il est bien proportionné, bien pris dans son ensemble ; mais cette constitution n'annonce ni vigueur particulière ni quoi que ce soit de remarquable. Mais c'est la singularité de l'expression qui règne sur sa face, — c'est l'intense, terrible, saisissante évidence de la vieillesse, si entière, si absolue, qui crée dans mon esprit un sentiment, — une sensation ineffable. Son front, quoique peu ridé, semble porter le sceau d'une myriade d'années. Ses cheveux gris sont des archives du passé, et ses yeux, plus gris encore, sont des sibylles de l'avenir. Le plancher de sa cabine était encombré d'étranges in-folio à fermoirs de fer, d'instruments de science usés et d'anciennes cartes d'un style complètement oublié. Sa tête était appuyée sur ses mains, et d'un œil ardent et inquiet il dévorait un papier que je pris pour une commission, et qui, en tout cas, portait une signature royale. Il se parlait à lui-même, — comme le premier matelot que j'avais aperçu dans la cale, — et marmottait d'une voix basse et chagrine quelques syllabes d'une langue étrangère ; et, bien que je fusse tout à côté de lui, il me semblait que sa voix arrivait à mon oreille de la distance d'un mille.

. . . .

Le navire avec tout ce qu'il contient est imprégné de l'esprit des anciens âges. Les hommes de l'équipage glissent çà et là comme les ombres des siècles enterrés ; dans leurs yeux vit une pensée ardente et inquiète ; et quand, sur mon chemin, leurs mains tombent dans la lumière effarée des fanaux, j'éprouve quelque chose que je n'ai jamais éprouvé jusqu'à présent, quoique toute ma vie j'aie eu la folie des antiquités, et que je me sois baigné dans l'ombre des colonnes ruinées de Balbeck, de Tadmor et de Persépolis, tant qu'à la fin mon âme elle-même est devenue une ruine.

. . . .

Quand je regarde autour de moi, je suis honteux de mes premières terreurs. Si la tempête qui nous a poursuivis jusqu'à présent me fait trembler, ne devrais-je pas être frappé d'horreur devant cette bataille du vent et de l'Océan dont les mots vulgaires : tourbillon et simoun ne peuvent pas donner la moindre idée ? Le navire est littéralement enfermé dans les ténèbres d'une éternelle nuit et dans un chaos d'eau qui n'écume plus ; mais, à une distance d'une lieue environ de chaque côté, nous pouvons apercevoir, indistinctement et par intervalles, de prodigieux remparts de glace qui montent vers le ciel désolé et ressemblent aux murailles de l'univers !

. . . .

Comme je l'avais pensé, le navire est évidemment dans un courant, — si l'on peut proprement appeler ainsi une marée qui va mugissant et hurlant à travers les blancheurs de la glace, et fait entendre du côté du sud un tonnerre plus précipité que celui d'une cataracte tombant à pic.

. . . .

Concevoir l'horreur de mes sensations est, je crois, chose absolument impossible ; cependant, la curiosité de pénétrer les mystères de ces effroyables régions surplombe encore mon désespoir et suffit à me réconcilier avec le plus hideux aspect de la mort. Il est évident que nous nous précipitons vers quelque entraînante découverte, — quelque incommunicable secret dont la connaissance implique la mort. Peut-être ce courant nous conduit-il au pôle sud lui-même. Il faut avouer que cette supposition, si étrange en apparence, a toute probabilité pour elle.

....

L'équipage se promène sur le pont d'un pas tremblant et inquiet ; mais il y a dans toutes les physionomies une expression qui ressemble plutôt à l'ardeur de l'espérance qu'à l'apathie du désespoir.

Cependant nous avons toujours le vent arrière, et, comme nous portons une masse de toile, le navire s'enlève quelquefois en grand hors de la mer. Oh ! horreur sur horreur ! — la glace s'ouvre soudainement à droite et à gauche, et nous tournons vertigineusement dans d'immenses cercles concentriques, tout autour des bords d'un gigantesque amphithéâtre, dont les murs perdent leur sommet dans les ténèbres et l'espace. Mais il ne me reste que peu de temps pour rêver à ma destinée ! Les cercles se rétrécissent rapidement, — nous plongeons follement dans l'étreinte du tourbillon, — et, à travers le mugissement, le beuglement et le détonnement de l'Océan et de la tempête, le navire tremble, — ô Dieu ! — il se dérobe... — il sombre ! *

* *Le* Manuscrit trouvé dans une bouteille *fut publié pour la première fois en 1831, et ce ne fut que bien des années plus tard que j'eus connaissance des cartes de Mercator, dans lesquelles on voit l'Océan se précipiter par quatre embouchures dans le gouffre polaire (au nord) et s'absorber dans les entrailles de la terre ; le pôle lui-même y est figuré par un rocher noir, s'élevant à une prodigieuse hauteur. — E.A.P.*

Bérénice

Dicebant mihi sodales, si sepulchrum amicæ visitarem, curas meas aliquantulum fore levatas.

EBN ZAIAT.

Le malheur est divers. La misère sur terre est multiforme. Dominant le vaste horizon comme l'arc-en-ciel, ses couleurs sont aussi variées, — aussi distinctes, et toutefois aussi intimement fondues. Dominant le vaste horizon comme l'arc-en-ciel ! Comment d'un exemple de beauté ai-je pu tirer un type de laideur ? du signe d'alliance et de paix une similitude de la douleur ? Mais, comme, en éthique, le mal est la conséquence du bien, de même, dans la réalité, c'est de la joie qu'est né le chagrin ; soit que le souvenir du bonheur passé fasse l'angoisse d'aujourd'hui, soit que les agonies qui *sont* tirent leur origine des extases qui *peuvent avoir été*.

J'ai à raconter une histoire dont l'essence est pleine d'horreur. Je la supprimerais volontiers, si elle n'était pas une chronique de sensations plutôt que de faits.

Mon nom de baptême est Egæus ; mon nom de famille, je le tairai. Il n'y a pas de château dans le pays plus chargé de gloire et d'années que mon mélancolique et vieux manoir héréditaire. Dès longtemps, on appelait notre famille une race de visionnaires ; et le fait est que, dans plusieurs détails frappants, — dans le caractère de notre maison seigneuriale, — dans les fresques du grand salon, — dans les tapisseries des chambres à coucher, — dans les ciselures des piliers de la salle d'armes, — mais plus spécialement dans la galerie des vieux tableaux, — dans la physionomie de la bibliothèque, — et enfin dans la nature toute particulière du contenu de cette bibliothèque, — il y a surabondamment de quoi justifier cette croyance.

Le souvenir de mes premières années est lié intimement à cette salle et à ses volumes, — dont je ne dirai plus rien. C'est là que mourut ma mère. C'est là que je suis né. Mais il serait bien oiseux de dire que je n'ai pas vécu auparavant, — que l'âme n'a pas une existence antérieure. Vous le niez ? — ne disputons pas sur cette matière. Je suis convaincu et ne cherche point à convaincre. Il y a, d'ailleurs, une ressouvenance de formes aériennes, — d'yeux intellectuels et parlants, — de sons mélodieux mais mélancoliques ; — une ressouvenance qui ne veut pas s'en aller ; — une sorte de mémoire semblable à une ombre, — vague, variable, indéfinie, vacillante ; et de cette ombre essentielle il me sera impossible de me défaire, tant que luira le soleil de ma raison.

C'est dans cette chambre que je suis né. Émergeant ainsi au milieu de la longue nuit qui semblait être, mais qui n'était pas la non-existence, pour tomber tout d'un coup dans un pays féerique, — dans un palais de fantaisie, — dans les étranges domaines de la pensée et de l'érudition monastiques, — il n'est pas singulier que j'aie contemplé autour de moi avec un œil effrayé et ardent, — que j'aie dépensé mon enfance dans les livres et prodigué ma jeunesse en rêveries ; mais ce qui est singulier, — les années ayant marché, et le midi de ma virilité m'ayant trouvé vivant encore dans le manoir de mes ancêtres, — ce qui est étrange, c'est cette stagnation qui tomba sur les sources de ma vie, — c'est cette complète interversion qui s'opéra dans le caractère de mes pensées les plus ordinaires. Les réalités du monde m'affectaient comme des visions, et seulement comme des visions, pendant que les idées folles du pays des songes devenaient en revanche, non la pâture de mon existence de tous les jours, mais positivement mon unique et entière existence elle-même.

....

Bérénice et moi, nous étions cousins, et nous grandîmes ensemble dans le manoir paternel. Mais nous grandîmes différemment, — moi, maladif et enseveli dans ma mélancolie ; — elle, agile, gracieuse et débordante d'énergie ; à elle, le vagabondage sur la colline ; — à moi, les études du cloître ; moi, vivant dans mon propre cœur et me dévouant, corps et âme, à la plus intense et à la plus pénible méditation, — elle, errant insoucieuse à travers la vie, sans penser aux ombres de son chemin ou à la fuite silencieuse des heures au noir plumage. Bérénice ! — j'invoque son nom, — Bérénice ! — et des ruines grises de ma mémoire se dressent à ce son mille souvenirs tumultueux ! Ah ! son image est là vivante devant moi, comme dans les premiers jours de son allégresse et sa joie ! Oh ! magnifique et pourtant fantastique beauté ! Oh ! sylphe parmi les bocages d'Arnheim ! Oh ! naïade parmi ses fontaines ! Et puis, — et puis tout est mystère et terreur, une histoire qui ne veut pas être racontée. Un mal, — un mal fatal s'abattit sur sa constitution comme le simoun; et, même pendant que je la contemplais, l'esprit de métamorphose passait sur elle et l'enlevait, pénétrant son esprit, ses habitudes, son caractère, et, de la manière la plus subtile et la plus terrible, perturbant même son identité! Hélas! le destructeur venait et s'en allait; — mais la victime, — la vraie Bérénice, — qu'est-elle devenue? Je ne connaissais pas celle-ci, ou du moins je ne la reconnaissais plus comme Bérénice.

Parmi la nombreuse série de maladies amenées par cette fatale et principale attaque, qui opéra une si horrible révolution dans l'être physique et moral de ma cousine, il faut mentionner, comme la plus affligeante et la plus opiniâtre, une espèce d'épilepsie qui souvent se terminait en catalepsie, — catalepsie ressemblant parfaitement à la mort, et dont elle se réveillait, dans quelques cas, d'une manière tout à fait brusque et soudaine. En même temps, mon propre mal, — car on m'a dit que je ne pouvais pas l'appeler d'un autre nom, — mon propre mal grandissait rapidement, et, ses symptômes s'aggravant par un usage immodéré de l'opium, il prit finalement le caractère d'une monomanie d'une forme nouvelle et extraordinaire. D'heure en heure, de minute en minute, il gagnait de l'énergie, et à la longue il usurpa sur moi la plus singulière et la plus incompréhensible domination. Cette monomanie, s'il faut que je me serve de ce terme, consistait dans une irritabilité morbide des facultés de l'esprit que la langue philosophique comprend dans le mot: facultés d'attention. Il est plus que probable que je ne suis pas compris, mais je crains, en vérité, qu'il ne me soit absolument impossible de donner au commun des lecteurs une idée exacte de cette nerveuse *intensité d'intérêt* avec laquelle, dans mon cas, la faculté méditative, — pour éviter la langue technique, — s'appliquait et se plongeait dans la contemplation des objets les plus vulgaires du monde.

Réfléchir infatigablement de longues heures, l'attention rivée à quelque citation puérile sur la marge ou dans le texte d'un livre, — rester absorbé, la plus grande partie d'une journée d'été, dans une ombre bizarre s'allongeant obliquement sur la tapisserie ou sur le plancher, — m'oublier une nuit entière à surveiller la flamme droite d'une lampe ou les braises du foyer, — rêver des jours entiers sur le parfum d'une fleur, — répéter, d'une manière monotone, quelque mot vulgaire, jusqu'à ce que le son, à force d'être répété, cessât de présenter à l'esprit une idée quelconque, — perdre tout sentiment de mouvement ou d'existence physique dans un repos absolu obstinément prolongé, — telles étaient quelques-unes des plus communes et des moins pernicieuses aberrations de mes facultés mentales, aberrations qui sans doute ne sont pas absolument sans exemple, mais qui défient certainement toute explication et toute analyse.

Encore, je veux être bien compris. L'anormale, intense et morbide attention ainsi excitée par des objets frivoles en eux-mêmes est d'une nature qui ne doit pas être confondue avec ce penchant à la rêverie commun à toute l'humanité, et auquel se livrent surtout les personnes d'une imagination ardente. Non-seulement elle n'était pas, comme on pourrait le supposer d'abord, un terme excessif et une exagération de ce penchant, mais encore elle en était originairement et essentiellement distincte. Dans l'un de ces cas, le rêveur, l'homme imaginatif, étant intéressé par un objet généralement non frivole, perd peu à peu son objet de vue à travers une immensité de déductions et de suggestions qui en jaillit, si bien qu'à la fin d'une de ces songeries *souvent remplies de volupté,* il trouve l'*incitamentum* ou cause première de ses réflexions, entièrement évanoui et oublié. Dans mon cas, le point de départ était *invariablement frivole,* quoique revêtant, à travers le milieu de ma vision maladive, une importance imaginaire et de réfraction. Je faisais peu de déductions, — si toutefois j'en faisais ; et, dans ce cas, elles retournaient opiniâtrement à l'objet principe comme à un centre. Les méditations n'étaient *jamais* agréables ; et, à la fin de la rêverie, la cause première, bien loin d'être hors de vue, avait atteint cet intérêt surnaturellement exagéré qui était le trait dominant de mon mal. En un mot, la faculté de l'esprit plus particulièrement excitée en moi était, comme je l'ai dit, la faculté de l'attention, tandis que, chez le rêveur ordinaire, c'est celle de la méditation.

Mes livres, à cette époque, s'ils ne servaient pas positivement à irriter le mal, participaient largement, on doit le comprendre, par leur nature imaginative et irrationnelle, des qualités caractéristiques du mal lui-même. Je me rappelle fort bien, entre autres, le traité du noble italien Cœlius Secundus Curio, *De Amplitudine Beati Regni Dei;* le grand ouvrage de saint Augustin, *la Cité de Dieu,* et le *De Carne Christi,* de Tertullien, de qui l'inintelligible pensée : — *Mortuus est Dei Filius ; credibile est quia ineptum est; et sepultus resurrexit; certum est quia impossibile est,* — absorba exclusivement tout mon temps, pendant plusieurs semaines d'une laborieuse et infructueuse investigation.

On jugera sans doute que, dérangée de son équilibre par des choses insignifiantes, ma raison avait quelque ressemblance avec cette roche marine dont parle Ptolémée Héphestion, qui résistait immuablement à toutes les attaques des hommes et à la fureur plus terrible des eaux et des vents, et qui tremblait seulement au toucher de la fleur nommée asphodèle. À un penseur inattentif il paraîtra tout simple et hors de doute que la terrible altération produite dans la condition *morale* de Bérénice par sa déplorable maladie dut me fournir maint sujet d'exercer cette intense et anormale méditation dont j'ai eu quelque peine à expliquer la nature. Eh bien, il n'en était absolument rien. Dans les intervalles lucides de mon infirmité, son malheur me causait, il est vrai, du chagrin ; cette ruine totale de sa belle et douce vie me touchait profondément le cœur ; je méditais fréquemment et amèrement sur les voies mystérieuses et étonnantes par lesquelles une si étrange et si soudaine révolution avait pu se produire. Mais ces réflexions ne participaient pas de l'idiosyncrasie de mon mal, et étaient telles qu'elles se seraient offertes dans des circonstances analogues à la masse ordinaire des hommes. Quant à ma maladie, fidèle à son caractère propre, elle se faisait une pâture des changements moins importants, mais plus saisissants, qui se manifestaient dans le système *physique* de Bérénice, — dans la singulière et effrayante distorsion de son identité personnelle.

Dans les jours les plus brillants de son incomparable beauté, très-sûrement je ne l'avais jamais aimée. Dans l'étrange anomalie de mon existence, les sentiments ne me sont *jamais* venus du cœur, et mes passions sont toujours venues de l'esprit. À travers les blancheurs du crépuscule, — à midi, parmi les ombres treillissées de la forêt, — et la nuit dans le silence de ma bibliothèque, — elle avait traversé mes yeux, et je l'avais vue, — non comme la Bérénice vivante et respirante, mais comme la Bérénice d'un songe ; non comme un être de la terre, un être charnel, mais comme l'abstraction d'un tel être ; non comme une chose à admirer, mais à analyser ; non comme un objet d'amour, mais comme le thème d'une méditation aussi abstruse qu'irrégulière. Et *maintenant,* — maintenant, je frissonnais en sa présence, je pâlissais à son approche ; cependant, tout en me lamentant amèrement sur sa déplorable condition de déchéance, je me rappelai qu'elle m'avait longtemps aimé, et, dans un mauvais moment, je lui parlai de mariage.

Enfin l'époque fixée pour nos noces approchait, quand, dans une après-midi d'hiver, — dans une de ces journées intempestivement chaudes, calmes et brumeuses, qui sont les nourrices de la belle Halcyone, — je m'assis, me croyant seul, dans le cabinet de la bibliothèque. Mais en levant les yeux, je vis Bérénice debout devant moi.

Fut-ce mon imagination surexcitée, — ou l'influence brumeuse de l'atmosphère, — ou le crépuscule incertain de la chambre, — ou le vêtement obscur qui enveloppait sa taille, — qui lui prêta ce contour si tremblant et si indéfini ? Je ne pourrais le dire. Peut-être avait-elle grandi depuis sa maladie. Elle ne dit pas un mot ; et moi, pour rien au monde, je n'aurais prononcé une syllabe. Un frisson de glace parcourut mon corps ; une sensation d'insupportable angoisse m'oppressait ; une dévorante curiosité pénétrait mon âme ; et, me renversant dans le fauteuil, je restai quelque temps sans souffle et sans mouvement, les yeux cloués sur sa personne. Hélas ! son amaigrissement était excessif, et pas un vestige de l'être primitif n'avait survécu et ne s'était réfugié dans un seul contour. À la fin, mes regards tombèrent ardemment sur sa figure.

Le front était haut, très-pâle, et singulièrement placide ; et les cheveux, autrefois d'un noir de jais, le recouvraient en partie et ombrageaient les tempes creuses d'innombrables boucles, actuellement d'un blond ardent, dont le caractère fantastique jurait cruellement avec la mélancolie dominante de sa physionomie. Les yeux étaient sans vie et sans éclat, en apparence sans pupilles, et involontairement je détournai ma vue de leur fixité vitreuse pour contempler les lèvres amincies et recroquevillées. Elles s'ouvrirent et, dans un sourire singulièrement significatif, *les dents* de la nouvelle Bérénice se révélèrent lentement à ma vue. Plût à Dieu que je ne les eusse jamais regardées, ou que, les ayant regardées, je fusse mort !

. . . .

Une porte en se fermant me troubla, et, levant les yeux, je vis que ma cousine avait quitté la chambre. Mais la chambre dérangée de mon cerveau, le *spectre* blanc et terrible de ses dents ne l'avait pas quittée et n'en voulait pas sortir. Pas une piqûre sur leur surface, — pas une nuance de leur émail, — pas une pointe sur leurs arêtes que ce passager sourire n'ait suffi à imprimer dans ma mémoire ! Je les vis même alors plus distinctement que je ne les avais vues *tout à l'heure*. — Les dents ! — les dents ! — Elles étaient là, — et puis là, — et partout, — visibles, palpables devant moi ; longues, étroites et excessivement blanches, avec les lèvres pâles se tordant autour, affreusement distendues comme elles étaient naguère. Alors arriva la pleine furie de ma monomanie, et je luttai en vain contre son irrésistible et étrange influence. Dans le nombre infini des objets du monde extérieur, je n'avais de pensées que pour les dents. J'éprouvais à leur endroit un désir frénétique. Tous les autres sujets, tous les intérêts divers furent absorbés dans cette unique contemplation. Elles — elles seules — étaient présentes à l'œil de mon esprit, et leur individualité exclusive devint l'essence de ma vie intellectuelle. Je les regardais dans tous les jours. Je les tournais dans tous les sens. J'étudiais leur caractère. J'observais leurs marques particulières. Je méditais sur leur conformation. Je réfléchissais à l'altération de leur nature. Je frissonnais en leur attribuant dans mon imagination une faculté de sensation et de sentiment, et même, sans le secours des lèvres, une puissance d'expression morale. On a fort bien dit de mademoiselle Sallé que *tous ses pas étaient des sentiments,* et de Bérénice je croyais plus sérieusement que *toutes les dents étaient des idées. — Des idées!* ah! voilà la pensée absurde qui m'a perdu! *Des idées!* — ah! *voilà donc pourquoi* je les convoitais si follement! Je sentais que leur possession pouvait seule me rendre la paix et rétablir ma raison.

Et le soir descendit ainsi sur moi, — et les ténèbres vinrent, s'installèrent, et puis s'en allèrent, — et un jour nouveau parut, — et les brumes d'une seconde nuit s'amoncelèrent autour de moi, — et toujours je restais immobile dans cette chambre solitaire, — toujours assis, toujours enseveli dans ma méditation, — et toujours le *fantôme* des dents maintenait son influence terrible au point qu'avec la plus vivante et la plus hideuse netteté il flottait çà et là à travers la lumière et les ombres changeantes de la chambre. Enfin, au milieu de mes rêves, éclata un grand cri d'horreur et d'épouvante, auquel succéda, après une pause, un bruit de voix désolées, entrecoupées par de sourds gémissements de douleur ou de deuil. Je me levai, et, ouvrant une des portes de la bibliothèque, je trouvai dans l'antichambre une domestique tout en larmes, qui me dit que Bérénice n'existait plus ! Elle avait été prise d'épilepsie dans la matinée ; et maintenant, à la tombée de la nuit, la fosse attendait sa future habitante, et tous les préparatifs de l'ensevelissement étaient terminés.

. . . .

Le cœur plein d'angoisse, et oppressé par la crainte, je me dirigeai avec répugnance vers la chambre à coucher de la défunte. La chambre était vaste et très-sombre et à chaque pas je me heurtais contre les préparatifs de la sépulture. Les rideaux du lit, me dit un domestique, étaient fermés sur la bière, et dans cette bière, ajouta-t-il à voix basse, gisait tout ce qui restait de Bérénice.

Qui donc me demanda si je ne voulais pas voir le corps ? — Je ne vis remuer les lèvres de personne ; cependant la question avait été bien faite, et l'écho des dernières syllabes traînait encore dans la chambre. Il était impossible de refuser, et, avec un sentiment d'oppression, je me traînai à côté du lit. Je soulevai doucement les sombres draperies des courtines ; mais, en les laissant retomber, elles descendirent sur mes épaules, et, me séparant du monde vivant, elles m'enfermèrent dans la plus étroite communion avec la défunte.

Toute l'atmosphère de la chambre sentait la mort ; mais l'air particulier de la bière me faisait mal, et je m'imaginais qu'une odeur délétère s'exhalait déjà du cadavre. J'aurais donné des mondes pour échapper, pour fuir la pernicieuse influence de la mortalité, pour respirer une fois encore l'air pur des cieux éternels. Mais je n'avais plus la puissance de bouger, mes genoux vacillaient sous moi, et j'avais pris racine dans le sol, regardant fixement le cadavre rigide étendu tout de son long dans la bière ouverte.

Dieu du ciel ! est-ce possible ? Mon cerveau s'est-il égaré ? ou le doigt de la défunte a-t-il remué dans la toile blanche qui l'enfermait ? Frissonnant d'une inexprimable crainte, je levai lentement les yeux pour voir la physionomie du cadavre. On avait mis un bandeau autour des mâchoires ; mais, je ne sais comment, il s'était dénoué. Les lèvres livides se tordaient en une espèce de sourire, et à travers leur cadre mélancolique les dents de Bérénice, blanches, luisantes, terribles, me *regardaient* encore avec une trop vivante réalité. Je m'arrachai convulsivement du lit, et, sans prononcer un mot, je m'élançai comme un maniaque hors de cette chambre de mystère, d'horreur et de mort.

. . . .

Je me retrouvai dans la bibliothèque ; j'étais assis, j'étais seul. Il me semblait que je sortais d'un rêve confus et agité. Je m'aperçus qu'il était minuit, et j'avais bien pris mes précautions pour que Bérénice fût enterrée après le coucher du soleil ; mais je n'ai pas gardé une intelligence bien positive ni bien définie de ce qui s'est passé durant ce lugubre intervalle. Cependant, ma mémoire était pleine d'horreur, — horreur d'autant plus horrible qu'elle était plus vague, — d'une terreur que son ambiguïté rendait plus terrible. C'était comme une page effrayante du registre de mon existence, écrite tout entière avec des souvenirs obscurs, hideux et inintelligibles. Je m'efforçai de les déchiffrer, mais en vain. De temps à autre, cependant, semblable à l'âme d'un son envolé, un cri grêle et perçant, — une voix de femme, — semblait tinter dans mes oreilles. J'avais accompli quelque chose ; — mais qu'était-ce donc ? Je m'adressais à moi-même la question à haute voix, et les échos de la chambre me chuchotaient en manière de réponse : — *Qu'était-ce donc ?*

Sur la table, à côté de moi, brûlait une lampe, et auprès était une petite boîte d'ébène. Ce n'était pas une boîte d'un style remarquable, et je l'avais déjà vue fréquemment, car elle appartenait au médecin de la famille ; mais comment était-elle venue *là,* sur ma table, et pourquoi frissonnai-je en la regardant ? C'étaient là des choses qui ne valaient pas la peine d'y prendre garde ; mais mes yeux tombèrent à la fin sur les pages ouvertes d'un livre, et sur une phrase soulignée. C'étaient les mots singuliers, mais fort simples, du poëte Ebn Zaiat : *Dicebant mihi sodales, si sepulchrum amicæ visitarem, curas meas aliquantulum fore levatas*. — D'où vient donc qu'en les lisant, mes cheveux se dressèrent sur ma tête et que mon sang se glaça dans mes veines ?

On frappa un léger coup à la porte de la bibliothèque, et, pâle comme un habitant de la tombe, un domestique entra sur la pointe du pied. Ses regards étaient égarés par la terreur, et il me parla d'une voix très-basse, tremblante, étranglée. Que me dit-il ? — J'entendis quelques phrases par-ci par-là. Il me raconta, ce me semble, qu'un cri effroyable avait troublé le silence de la nuit, — que tous les domestiques s'étaient réunis, — qu'on avait cherché dans la direction du son, — et enfin sa voix basse devint distincte à faire frémir quand il me parla d'une violation de sépulture, — d'un corps défiguré, dépouillé de son linceul, mais respirant encore, — palpitant encore, — *encore vivant !*

Il regarda mes vêtements ; ils étaient grumeleux de boue et de sang. Sans dire un mot, il me prit doucement par la main ; elle portait des stigmates d'ongles humains. Il dirigea mon attention vers un objet placé contre le mur. Je le regardai quelques minutes : c'était une bêche. Avec un cri je me jetai sur la table et me saisis de la boîte d'ébène. Mais je n'eus pas la force de l'ouvrir ; et, dans mon tremblement, elle m'échappa des mains, tomba lourdement et se brisa en morceaux ; et il s'en échappa, roulant avec un vacarme de ferraille, quelques instruments de chirurgie dentaire, et avec eux trente-deux petites choses blanches, semblables à de l'ivoire, qui s'éparpillèrent çà et là sur le plancher.

William Wilson

> Qu'en dira-t-elle ? Que dira cette CONSCIENCE affreuse,
> Ce spectre qui marche dans mon chemin ?
>
> CHAMBERLAYNE. — *Pharronida.*

Qu'il me soit permis pour le moment, de m'appeler William Wilson. La page vierge étalée devant moi ne doit pas être souillée par mon véritable nom. Ce nom n'a été que trop souvent un objet de mépris et d'horreur, — une abomination pour ma famille. Est-ce que les vents indignés n'ont pas ébruité jusque dans les plus lointaines régions du globe son incomparable infamie ? Oh ! de tous les proscrits, le proscrit le plus abandonné ! — n'es-tu pas mort à ce monde à jamais ? à ses honneurs, à ses fleurs, à ses aspirations dorées ? — et un nuage épais, lugubre, illimité, n'est-il pas éternellement suspendu entre tes espérances et le ciel ?

Je ne voudrais pas, quand même je le pourrais, enfermer aujourd'hui dans ces pages le souvenir de mes dernières années d'ineffable misère et d'irrémissible crime. Cette période récente de ma vie a soudainement comporté une hauteur de turpitude dont je veux simplement déterminer l'origine. C'est là pour le moment mon seul but. Les hommes, en général, deviennent vils par degrés. Mais moi, toute vertu s'est détachée de moi en une minute d'un seul coup, comme un manteau. D'une perversité relativement ordinaire, j'ai passé, par une enjambée de géant, à des énormités plus qu'héliogabaliques. Permettez-moi de raconter tout au long quel hasard, quel unique accident a amené cette malédiction. La Mort approche et l'ombre qui la devance a jeté une influence adoucissante sur mon cœur. Je soupire, en passant à travers la sombre vallée, après la sympathie — j'allais dire la pitié — de mes semblables. Je voudrais leur persuader que j'ai été en quelque sorte l'esclave des circonstances qui défiaient tout contrôle humain. Je désirerais qu'ils découvrissent pour moi, dans les détails que je vais leur donner, quelque petite oasis de *fatalité* dans un Sahara d'erreur. Je voudrais qu'ils accordassent — ce qu'ils ne peuvent pas se refuser à accorder — que, bien que ce monde ait connu de grandes tentations, jamais l'homme n'a été jusqu'ici tenté de cette façon, — et certainement n'a jamais succombé de cette façon. Est-ce donc pour cela qu'il n'a jamais connu les mêmes souffrances ? En vérité, n'ai-je pas vécu dans un rêve ? Est-ce que je ne meurs pas victime de l'horreur et du mystère des plus étranges de toutes les visions sublunaires ?

Je suis le descendant d'une race qui s'est distinguée en tout temps par un tempérament imaginatif et facilement excitable ; et ma première enfance prouva que j'avais pleinement hérité du caractère de famille. Quand j'avançai en âge, ce caractère se dessina plus fortement ; il devint, pour mille raisons, une cause d'inquiétude sérieuse pour mes amis et de préjudice positif pour moi-même. Je devins volontaire, adonné aux plus sauvages caprices ; je fus la proie des plus indomptables passions. Mes parents, qui étaient d'un esprit faible et que tourmentaient des défauts constitutionnels de même nature, ne pouvaient pas faire grand-chose pour arrêter les tendances mauvaises qui me distinguaient. Il y eut de leur côté quelques tentatives, faibles, mal dirigées, qui échouèrent complètement, et qui tournèrent pour moi en triomphe complet. A partir de ce moment, ma voix fut une loi domestique ; et, à un âge où peu d'enfants ont quitté leurs lisières, je fus abandonné à mon libre arbitre, et devins le maître de toutes mes actions, — excepté de nom.

Mes premières impressions de la vie d'écolier sont liées à une vaste et extravagante maison du style d'Elisabeth, dans un sombre village d'Angleterre, décoré de nombreux arbres gigantesques et noueux, et dont toutes les maisons étaient excessivement anciennes. En vérité, c'était un lieu semblable à un rêve et bien fait pour charmer l'esprit que cette vénérable vieille ville. En ce moment même, je sens en imagination le frisson rafraîchissant de ses avenues profondément ombreuses, je respire l'émanation de ses mille taillis, et je tressaille encore, avec une indéfinissable volupté, à la note profonde et sourde de la cloche, déchirant à chaque heure, de son rugissement soudain et morose, la quiétude de l'atmosphère brune dans laquelle s'enfonçait et s'endormait le clocher gothique tout dentelé.

Je trouve peut-être autant de plaisir qu'il m'est donné d'en éprouver maintenant à m'appesantir sur ces minutieux souvenirs de l'école et de ses rêveries. Plongé dans le malheur comme je le suis, — malheur, hélas ! qui n'est que trop réel, — on me pardonnera de chercher un soulagement, bien léger et bien court, dans ces puérils et divagants détails. D'ailleurs, quoique absolument vulgaires et risibles en eux-mêmes, ils prennent dans mon imagination une importance circonstancielle, à cause de leur intime connexion avec les lieux et l'époque où je distingue maintenant les premiers avertissements ambigus de la destinée, qui depuis lors m'a si profondément enveloppé de son ombre. Laissez-moi donc me souvenir.

La maison, je l'ai dit, était vieille et irrégulière. Les terrains étaient vastes, et un haut et solide mur de briques, couronné d'une couche de mortier et de verre cassé, en faisait le circuit. Ce rempart digne d'une prison formait la limite de notre domaine; nos regards n'allaient au-delà que trois fois par semaine, — une fois chaque samedi, dans l'après-midi, quand, accompagnés de deux maîtres d'étude, on nous permettait de faire de courtes promenades en commun à travers la campagne voisine, et deux fois le dimanche, quand nous allions, avec la régularité des troupes à la parade, assister aux offices du matin et du soir dans l'unique église du village. Le principal de notre école était pasteur de cette église. Avec quel profond sentiment d'admiration et de perplexité avais-je coutume de le contempler, de notre banc relégué dans la tribune, quand il montait en chaire d'un pas solennel et lent! Ce personnage vénérable, avec ce visage si modeste et si bénin, avec une robe si bien lustrée et si cléricalement ondoyante, avec une perruque si minutieusement poudrée, si roide et si vaste, pouvait-il être le même homme qui, tout à l'heure, avec un visage aigre et dans des vêtements souillés de tabac, faisait exécuter, férule en main, les lois draconiennes de l'école ? Oh ! gigantesque paradoxe, dont la monstruosité exclut toute solution !

Dans un angle du mur massif rechignait une porte plus massive encore, solidement fermée, garnie de verrous et surmontée d'un buisson de ferrailles denticulées. Quels sentiments profonds de crainte elle inspirait ! Elle ne s'ouvrait jamais que pour les trois sorties et rentrées périodiques dont j'ai déjà parlé ; alors, dans chaque craquement de ses gonds puissants, nous trouvions une plénitude de mystère, — tout un monde d'observations solennelles, ou de méditations plus solennelles encore.

Le vaste enclos était d'une forme irrégulière et divisé en plusieurs parties, dont trois ou quatre des plus grandes constituaient la cour de récréation. Elle était aplanie et recouverte d'un sable menu et rude. Je me rappelle bien qu'elle ne contenait ni arbres ni bancs, ni quoi que ce soit d'analogue. Naturellement elle était située derrière la maison. Devant la façade s'étendait un petit parterre, planté de buis et d'autres arbustes ; mais nous ne traversions cette oasis sacrée que dans de bien rares occasions, telles que la première arrivée à l'école ou le départ définitif, ou peut-être quand, un ami, un parent nous ayant fait appeler, nous prenions joyeusement notre course vers le logis paternel, aux vacances de Noël ou de la Saint-Jean.

Mais la maison ! — quelle curieuse vieille bâtisse cela faisait ! — Pour moi quel véritable palais d'enchantements ! Il n'y avait réellement pas de fin à ses détours, — à ses incompréhensibles subdivisions. Il était difficile, à n'importe quel moment donné, de dire avec certitude si l'on se trouvait au premier ou au second étage. D'une pièce à l'autre, on était toujours sûr de trouver trois ou quatre marches à monter ou à descendre. Puis les subdivisions latérales étaient innombrables, inconcevables, tournaient et retournaient si bien sur elles-mêmes, que nos idées les plus exactes relativement à l'ensemble du bâtiment n'étaient pas très-différentes de celles à travers lesquelles nous envisagions l'infini. Durant les cinq ans de ma résidence, je n'ai jamais été capable de déterminer avec précision dans quelle localité lointaine était situé le petit dortoir qui m'était assigné en commun avec dix-huit ou vingt autres écoliers.

La salle d'étude était la plus vaste de toute la maison — et même du monde entier; du moins, je ne pouvais m'empêcher de la voir ainsi. Elle était très-longue, très-étroite et lugubrement basse, avec des fenêtres en ogive et un plafond en chêne. Dans un angle éloigné, d'où émanait la terreur, était une enceinte carrée de huit à dix pieds, représentant le *sanctum* de notre principal, le révérend docteur Bransby, durant les heures d'étude. C'était une solide construction, avec une porte massive; plutôt que de l'ouvrir en l'absence du *Dominie*, nous aurions tous préféré mourir de *la peine forte et dure*. A deux autres angles étaient deux autres loges analogues, objets d'une vénération beaucoup moins grande, il est vrai, mais toutefois d'une terreur assez considérable; l'une, la chaire du maître d'humanités, — l'autre, du maître d'anglais et de mathématiques. Eparpillés à travers la salle, d'innombrables bancs et des pupitres, effroyablement chargés de livres maculés par des doigts, se croisaient dans une irrégularité sans fin, — noirs, anciens, ravagés par le temps, et si bien cicatrisés de lettres initiales, de noms entiers, de figures grotesques et d'autres nombreux chefs-d'œuvre du couteau, qu'ils avaient entièrement perdu le peu de forme originelle qui leur avait été réparti dans les jours très-anciens. A une extrémité de la salle se trouvait un énorme seau plein d'eau, et, à l'autre, une horloge d'une dimension prodigieuse.

Enfermé dans les murs massifs de cette vénérable école, je passai toutefois sans ennui et sans dégoût les années du troisième lustre de ma vie. Le cerveau fécond de l'enfance n'exige pas un monde extérieur d'incidents pour s'occuper ou s'amuser, et la monotonie en apparence lugubre de l'école abondait en excitations plus intenses que toutes celles que ma jeunesse plus mûre a demandées à la volupté, ou ma virilité au crime. Toutefois, je dois croire que mon premier développement intellectuel fut, en grande partie, peu ordinaire et même déréglé. En général, les événements de l'existence enfantine ne laissent pas sur l'humanité, arrivée à l'âge mûr, une impression bien définie. Tout est ombre grise, débile et irrégulier souvenir, fouillis confus de faibles plaisirs et de peines fantasmagoriques. Pour moi, il n'en est pas ainsi. Il faut que j'aie senti dans mon enfance, avec l'énergie d'un homme fait, tout ce que je trouve encore aujourd'hui frappé sur ma mémoire en lignes aussi vivantes, aussi profondes et aussi durables que les exergues des médailles carthaginoises.

Et cependant, dans le fait, — au point de vue ordinaire du monde, — qu'il y avait là peu de chose pour le souvenir ! Le réveil du matin, l'ordre du coucher, les leçons à apprendre, les récitations, les demi-congés périodiques et les promenades, la cour de récréation avec ses querelles, ses passe-temps, ses intrigues, — tout cela, par une magie psychique disparue, contenait en soi un débordement de sensations, un monde riche d'incidents, un univers d'émotions variées et d'excitations des plus passionnées et des plus enivrantes. *Oh ! le bon temps, que ce siècle de fer !*

En réalité, ma nature ardente, enthousiaste, impérieuse, fit bientôt de moi un caractère marqué parmi mes camarades, et, peu à peu, tout naturellement, me donna un ascendant sur tous ceux qui n'étaient guère plus âgés que moi, — sur tous, un seul excepté. C'était un élève qui, sans aucune parenté avec moi, portait le même nom de baptême et le même nom de famille ; — circonstance peu remarquable en soi, — car le mien, malgré la noblesse de mon origine, était une de ces appellations vulgaires qui semblent avoir été de temps immémorial, par droit de prescription, la propriété commune de la foule. Dans ce récit, je me suis donc donné le nom de William Wilson, — nom fictif qui n'est pas très-éloigné du vrai. Mon homonyme, seul parmi ceux qui, selon la langue de l'école, composaient notre *classe*, osait rivaliser avec moi dans les études de l'école, — dans les jeux et les disputes de la récréation, — refuser une créance aveugle à mes assertions et une soumission complète à ma volonté, — en somme, contrarier ma dictature dans tous les cas possibles. Si jamais il y eut sur la terre un despotisme suprême et sans réserve, c'est le despotisme d'un enfant de génie sur les âmes moins énergiques de ses camarades.

La rébellion de Wilson était pour moi la source du plus grand embarras ; d'autant plus qu'en dépit de la bravade avec laquelle je me faisais un devoir de le traiter publiquement, lui et ses prétentions, je sentais au fond que je le craignais, et je ne pouvais m'empêcher de considérer l'égalité qu'il maintenait si facilement vis-à-vis de moi comme la preuve d'une vraie supériorité, — puisque c'était de ma part un effort perpétuel pour n'être pas dominé. Cependant, cette supériorité, ou plutôt cette égalité, n'était vraiment reconnue que par moi seul; nos camarades, par un inexplicable aveuglement, ne paraissaient même pas la soupçonner. Et vraiment, sa rivalité, sa résistance, et particulièrement son impertinente et hargneuse intervention dans tous mes desseins, ne visaient pas au-delà d'une intention privée. Il paraissait également dépourvu de l'ambition qui me poussait à dominer et de l'énergie passionnée qui m'en donnait les moyens. On aurait pu le croire, dans cette rivalité, dirigé uniquement par un désir fantasque de me contrecarrer, de m'étonner, de me mortifier; bien qu'il y eût des cas où je ne pouvais m'empêcher de remarquer avec un sentiment confus d'ébahissement, d'humiliation et de colère, qu'il mêlait à ses outrages, à ses impertinences et à ses contradictions, de certains airs d'affectuosité les plus intempestifs, et, assurément, les plus déplaisants du monde. Je ne pouvais me rendre compte d'une si étrange conduite qu'en la supposant le résultat d'une parfaite suffisance se permettant le ton vulgaire du patronage et de la protection.

Peut-être était-ce ce dernier trait, dans la conduite de Wilson, qui, joint à notre homonymie et au fait purement accidentel de notre entrée simultanée à l'école, répandit parmi nos condisciples des classes supérieures l'opinion que nous étions frères. Habituellement ils ne s'enquièrent pas avec beaucoup d'exactitude des affaires des plus jeunes. J'ai déjà dit, ou j'aurais dû dire, que Wilson n'était pas, même au degré le plus éloigné, apparenté avec ma famille. Mais assurément, si nous avions été frères, nous aurions été jumeaux ; car, après avoir quitté la maison du docteur Bransby, j'ai appris par hasard que mon homonyme était né le 19 janvier 1813, — et c'est là une coïncidence assez remarquable, car ce jour est précisément celui de ma naissance.

Il peut paraître étrange qu'en dépit de la continuelle anxiété que me causait la rivalité de Wilson et son insupportable esprit de contradiction, je ne fusse pas porté à le haïr absolument. Nous avions, à coup sûr, presque tous les jours une querelle, dans laquelle, m'accordant publiquement la palme de la victoire, il s'efforçait en quelque façon de me faire sentir que c'était lui qui l'avait méritée ; cependant, un sentiment d'orgueil de ma part, et de la sienne une véritable dignité, nous maintenaient toujours dans des termes de stricte convenance, pendant qu'il y avait des points assez nombreux de conformité dans nos caractères pour éveiller en moi un sentiment que notre situation respective empêchait seule peut-être de mûrir en amitié. Il m'est difficile, en vérité, de définir ou même de décrire mes vrais sentiments à son égard ; ils formaient un amalgame bigarré et hétérogène, — une animosité pétulante qui n'était pas encore de la haine, de l'estime, encore plus de respect, beaucoup de crainte et une immense et inquiète curiosité. Il est superflu d'ajouter, pour le moraliste, que Wilson et moi nous étions les plus inséparables des camarades.

Ce fut sans doute l'anomalie et l'ambiguïté de nos relations qui coulèrent toutes mes attaques contre lui — et, franches ou dissimulées, elles étaient nombreuses — dans le moule de l'ironie et de la charge (la bouffonnerie ne fait-elle pas d'excellentes blessures ?) plutôt qu'en une hostilité plus sérieuse et plus déterminée. Mais mes efforts sur ce point n'obtenaient pas régulièrement un parfait triomphe, même quand mes plans étaient le plus ingénieusement machinés ; car mon homonyme avait dans son caractère beaucoup de cette austérité pleine de réserve et de calme, qui, tout en jouissant de la morsure de ses propres railleries, ne montre jamais le talon d'Achille et se dérobe absolument au ridicule. Je ne pouvais trouver en lui qu'un seul point vulnérable, et c'était dans un détail physique, qui, venant peut-être d'une infirmité constitutionnelle, aurait été épargné par tout antagoniste moins acharné à ses fins que je ne l'étais ; — mon rival avait une faiblesse dans l'appareil vocal qui l'empêchait de jamais élever la voix *au-dessus d'un chuchotement très bas*. Je ne manquais pas de tirer de cette imperfection tout le pauvre avantage qui était en mon pouvoir.

Les représailles de Wilson étaient de plus d'une sorte, et il avait particulièrement un genre de malice qui me troublait outre mesure. Comment eut-il dans le principe la sagacité de découvrir qu'une chose aussi minime pouvait me vexer, c'est une question que je n'ai jamais pu résoudre ; mais, une fois qu'il l'eut découvert, il pratiqua opiniâtrement cette torture. Je m'étais toujours senti de l'aversion pour mon malheureux nom de famille, si inélégant, et pour mon prénom, si trivial, sinon tout à fait plébéien. Ces syllabes étaient un poison pour mes oreilles ; et, quand le jour même de mon arrivée, un second William Wilson se présenta dans l'école, je lui en voulus de porter ce nom, et je me dégoûtai doublement du nom parce qu'un étranger le portait, — un étranger qui serait cause que je l'entendrais prononcer deux fois plus souvent, —

qui serait constamment en ma présence, et dont les affaires, dans le train-train ordinaire des choses de collège, seraient souvent et inévitablement, en raison de cette détestable coïncidence, confondues avec les miennes.

Le sentiment d'irritation créé par cet accident devint plus vif à chaque circonstance qui tendait à mettre en lumière toute ressemblance morale ou physique entre mon rival et moi. Je n'avais pas encore découvert ce très-remarquable fait de parité dans notre âge ; mais je voyais que nous étions de la même taille, et je m'apercevais que nous avions même une singulière ressemblance dans notre physionomie générale et dans nos traits. J'étais également exaspéré par le bruit qui courait sur notre parenté, et qui avait généralement crédit dans les classes supérieures. — En un mot, rien ne pouvait plus sérieusement me troubler (quoique je cachasse avec le plus grand soin tout symptôme de ce trouble) qu'une allusion quelconque à une similitude entre nous, relative à l'esprit, à la personne, ou à la naissance ; mais vraiment je n'avais aucune raison de croire que cette similitude (à l'exception du fait de la parenté, et de tout ce que savait voir Wilson lui-même) eût jamais été un sujet de commentaires ou même remarquée par nos camarades de classe. Que *lui,* il l'observât sous toutes ses faces, et avec autant d'attention que moi-même, cela était clair ; mais qu'il eût pu découvrir dans de pareilles circonstances une mine si riche de contrariétés, je ne peux l'attribuer, comme je l'ai déjà dit, qu'à sa pénétration plus qu'ordinaire.

Il me donnait la réplique avec une parfaite imitation de moi-même, — gestes et paroles, — et il jouait admirablement son rôle. Mon costume était chose facile à copier ; ma démarche et mon allure générale, il se les était appropriées sans difficulté ; en dépit de son défaut constitutionnel, ma voix elle-même ne lui avait pas échappé. Naturellement, il n'essayait pas les tons élevés, mais la clef était identique, *et sa voix, pourvu qu'il parlât bas, devenait le parfait écho de la mienne.*

À quel point ce curieux portrait (car je ne puis pas l'appeler proprement une caricature) me tourmentait, je n'entreprendrai pas de le dire. Je n'avais qu'une consolation, — c'était que l'imitation, à ce qu'il me semblait, n'était remarquée que par moi seul, et que j'avais simplement à endurer les sourires mystérieux et étrangement sarcastiques de mon homonyme. Satisfait d'avoir produit sur mon cœur l'effet voulu, il semblait s'épanouir en secret sur la piqûre qu'il m'avait infligée et se montrer singulièrement dédaigneux des applaudissements publics que le succès de son ingéniosité lui aurait si facilement conquis. Comment nos camarades ne devinaient-ils pas son dessein, n'en voyaient-ils pas la mise en œuvre, et ne partageaient-ils pas sa joie moqueuse ? ce fut pendant plusieurs mois d'inquiétude une énigme insoluble pour moi. Peut-être la lenteur graduée de son imitation la rendit-elle moins voyante, ou plutôt devais-je ma sécurité à l'air de *maîtrise* que prenait si bien le copiste, qui dédaignait la *lettre,* — tout ce que les esprits obtus peuvent saisir dans une peinture, — et ne donnait que le parfait esprit de l'original pour ma plus grande admiration et mon plus grand chagrin personnel.

J'ai déjà parlé plusieurs fois de l'air navrant de protection qu'il avait pris vis-à-vis de moi, et de sa fréquente et officieuse intervention dans mes volontés. Cette intervention prenait souvent le caractère déplaisant d'un avis; avis qui n'était pas donné ouvertement, mais suggéré, — insinué. Je le recevais avec une répugnance qui prenait de la force à mesure que je prenais de l'âge. Cependant, à cette époque déjà lointaine, je veux lui rendre cette stricte justice de reconnaître que je ne me rappelle pas un seul cas où les suggestions de mon rival aient participé à ce caractère d'erreur et de folie, si naturel dans son âge, généralement dénué de maturité et d'expérience; — que son sens moral, sinon ses talents et sa prudence mondaine, était beaucoup plus fin que le mien; et que je serais aujourd'hui un homme meilleur et conséquemment plus heureux, si j'avais rejeté moins souvent les conseils inclus dans ces chuchotements significatifs qui ne m'inspiraient alors qu'une haine si cordiale et un mépris si amer.

Aussi je devins, à la longue, excessivement rebelle à son odieuse surveillance, et je détestai chaque jour plus ouvertement ce que je considérais comme une intolérable arrogance. J'ai dit que, dans les premières années de notre camaraderie, mes sentiments vis-à-vis de lui auraient facilement tourné en amitié; mais, pendant les derniers mois de mon séjour à l'école, quoique l'importunité de ses façons habituelles fût sans doute bien diminuée, mes sentiments, dans une proportion presque semblable, avaient incliné vers la haine positive. Dans une certaine circonstance, il le vit bien, je présume, et dès lors il m'évita, ou affecta de m'éviter.

Ce fut à peu près vers la même époque, si j'ai bonne mémoire, que, dans une altercation violente que j'eus avec lui, où il avait perdu de sa réserve habituelle, et parlait et agissait avec un laisser-aller presque étranger à sa nature, je découvris ou m'imaginai découvrir dans son accent, dans son air, dans sa physionomie générale, quelque chose qui d'abord me fit tressaillir, puis m'intéressa profondément, en apportant à mon esprit des visions obscures de ma première enfance, — des souvenirs étranges, confus, pressés, d'un temps où ma mémoire n'était pas encore née. Je ne saurais mieux définir la sensation qui m'oppressait qu'en disant qu'il m'était difficile de me débarrasser de l'idée que j'avais déjà connu l'être placé devant moi, à une époque très-ancienne, — dans un passé même extrêmement reculé. Cette illusion toutefois s'évanouit aussi rapidement qu'elle était venue; et je n'en tiens note que pour marquer le jour du dernier entretien que j'eus avec mon singulier homonyme.

La vieille et vaste maison, dans ses innombrables subdivisions, comprenait plusieurs grandes chambres qui communiquaient entre elles et servaient de dortoirs au plus grand nombre des élèves. Il y avait néanmoins (comme cela devait arriver nécessairement dans un bâtiment aussi malencontreusement dessiné) une foule de coins et de recoins, — les rognures et les bouts de la construction, et l'ingéniosité économique du docteur Bransby les avait également transformés en dortoirs; mais, comme ce n'étaient que de simples cabinets, ils ne pouvaient servir qu'à un seul individu. Une de ces petites chambres était occupée par Wilson.

Une nuit, vers la fin de ma cinquième année à l'école, et immédiatement après l'altercation dont j'ai parlé, profitant de ce que tout le monde était plongé dans le sommeil, je me levai de mon lit, et, une lampe à la main, je me glissai, à travers un labyrinthe d'étroits passages, de ma chambre à coucher vers celle de mon rival. J'avais longuement machiné à ses dépens une de ces méchantes charges, une de ces malices dans lesquelles j'avais si complètement échoué jusqu'alors. J'avais l'idée de mettre dès lors mon plan à exécution et je résolus de lui faire sentir toute la force de la méchanceté dont j'étais rempli. J'arrivai jusqu'à son cabinet, j'entrai sans faire de bruit, laissant ma lampe à la porte avec un abat-jour dessus. J'avançai d'un pas, et j'écoutai le bruit de sa respiration paisible. Certain qu'il était bien endormi, je retournai à la porte, je pris ma lampe, et je m'approchai de nouveau du lit. Les rideaux étaient fermés ; je les ouvris doucement et lentement pour l'exécution de mon projet ; mais une lumière vive tomba en plein sur le dormeur, et en même temps mes yeux s'arrêtèrent sur sa physionomie. Je regardai ; — et un engourdissement, une sensation de glace pénétrèrent instantanément tout mon être. Mon cœur palpita, mes genoux vacillèrent, toute mon âme fut prise d'une horreur intolérable et inexplicable. Je respirai convulsivement, — j'abaissai la lampe encore plus près de la face. Étaient-ce, — étaient-ce bien là les traits de William Wilson ? Je voyais bien que c'étaient les siens, mais je tremblais, comme pris d'un accès de fièvre, en m'imaginant que ce n'étaient pas les siens. Qu'y avait-il donc mieux qui pût me confondre à ce point ? Je le contemplais, — et ma cervelle tournait sous l'action de mille pensées incohérentes. Il ne m'apparaissait pas *ainsi*, — non, certes, il ne m'apparaissait pas *tel*, aux heures actives où il était éveillé. Le même nom ! les mêmes traits ! entrés le même jour à l'école ! Et puis cette hargneuse et inexplicable imitation de ma démarche, de ma voix, de mon costume et de mes manières ! Était-ce, en vérité, dans les limites du possible humain, que *ce que je voyais maintenant* fût le simple résultat de cette habitude d'imitation sarcastique ? Frappé d'effroi, pris de frisson, j'éteignis ma lampe, je sortis silencieusement de la chambre, et quittai une bonne fois l'enceinte de cette vieille école pour n'y jamais revenir.

Après un laps de quelques mois, que je passai chez mes parents dans la pure fainéantise, je fus placé au collège d'Eton. Ce court intervalle avait été suffisant pour affaiblir en moi le souvenir des événements de l'école Bransby, ou au moins pour opérer un changement notable dans la nature des sentiments que ces souvenirs m'inspiraient. La réalité, le côté tragique du drame, n'existait plus. Je trouvais maintenant quelques motifs pour douter du témoignage de mes sens, et je me rappelais rarement l'aventure sans admirer jusqu'où peut aller la crédulité humaine, et sans sourire de la force prodigieuse d'imagination que je tenais de ma famille. Or, la vie que je menais à Eton n'était guère de nature à diminuer cette espèce de scepticisme. Le tourbillon de folie où je me plongeai immédiatement et sans réflexion balaya tout, excepté l'écume de mes heures passées, absorba d'un seul coup toute impression solide et sérieuse, et ne laissa absolument dans mon souvenir que les étourderies de mon existence précédente.

Je n'ai pas l'intention, toutefois, de tracer ici le cours de mes misérables dérèglements, — dérèglements qui défiaient toute loi et éludaient toute surveillance. Trois années de folies, dépensées sans profit, n'avaient pu me donner que des habitudes de vice enracinées, et avaient accru d'une manière presque anormale mon développement physique.

Un jour, après une semaine entière de dissipation abrutissante, j'invitai une société d'étudiants des plus dissolus à une orgie secrète dans ma chambre. Nous nous réunîmes à une heure avancée de la nuit, car notre débauche devait se prolonger religieusement jusqu'au matin. Le vin coulait librement, et d'autres séductions plus dangereuses peut-être n'avaient pas été négligées ; si bien que, comme l'aube pâlissait le ciel à l'orient, notre délire et nos extravagances étaient à leur apogée. Furieusement enflammés par les cartes et par l'ivresse, je m'obstinais à porter un toast étrangement indécent, quand mon attention fut soudainement distraite par une porte qu'on entrebâilla vivement et par la voix précipitée d'un domestique. Il me dit qu'une personne qui avait l'air fort pressée demandait à me parler dans le vestibule.

Singulièrement excité par le vin, cette interruption inattendue me causa plus de plaisir que de surprise. Je me précipitai en chancelant, et en quelques pas je fus dans le vestibule de la maison. Dans cette salle basse et étroite, il n'y avait aucune lampe, et elle ne recevait d'autre lumière que celle de l'aube, excessivement faible, qui se glissait à travers la fenêtre cintrée. En mettant le pied sur le seuil, je distinguai la personne d'un jeune homme, de ma taille à peu près, et vêtu d'une robe de chambre de casimir blanc, coupée à la nouvelle mode, comme celle que je portais en ce moment. Cette faible lueur me permit de voir tout cela ; mais les traits de la face, je ne pus les distinguer. À peine fus-je entré qu'il se précipita vers moi, et, me saisissant par le bras avec un geste impératif d'impatience, me chuchota à l'oreille ces mots :

— William Wilson !

En une seconde, je fus dégrisé.

Il y avait dans la manière de l'étranger, dans le tremblement nerveux de son doigt qu'il tenait levé entre mes yeux et la lumière, quelque chose qui me remplit d'un complet étonnement ; mais ce n'était pas là ce qui m'avait si violemment ému. C'était l'importance, la solennité d'admonition contenue dans cette parole singulière, basse, sifflante ; et, par-dessus tout, le caractère, le ton, *la clef* de ces quelques syllabes, simples, familières, et toutefois mystérieusement *chuchotées*, qui vinrent, avec mille souvenirs accumulés des jours passés, s'abattre sur mon âme, comme une décharge de pile voltaïque. Avant que j'eusse pu recouvrer mes sens, il avait disparu.

Quoique cet événement eût à coup sûr produit un effet très vif sur mon imagination déréglée, cependant cet effet, si vif, alla bientôt s'évanouissant. Pendant plusieurs semaines, à la vérité, tantôt je me livrai à l'investigation la plus sérieuse, tantôt je restai enveloppé d'un nuage de méditation morbide. Je n'essayai pas de me dissimuler l'identité du singulier individu qui s'immisçait si opiniâtrement dans mes affaires et me fatiguait de ses conseils officieux. Mais qui était, mais qu'était ce Wilson ? — Et d'où venait-il ? — Et quel était son but ? Sur aucun de ces points je ne pus me satisfaire ; — je constatai seulement, relativement à lui, qu'un accident soudain dans sa famille lui avait fait quitter l'école du docteur Bransby dans l'après-midi du jour où je m'étais enfui. Mais, après un certain temps, je cessai d'y rêver, et mon attention fut tout absorbée par un départ projeté pour Oxford. Là j'en vins bientôt — la vanité prodigue de mes parents me permettant de mener un train coûteux et de me livrer à mon gré au luxe déjà si cher à mon cœur — à rivaliser en prodigalités avec les plus superbes héritiers des plus riches comtés de la Grande-Bretagne.

Encouragé au vice par de pareils moyens, ma nature éclata avec une ardeur double, et, dans le fol enivrement de mes débauches, je foulai aux pieds les vulgaires entraves de la décence. Mais il serait absurde de m'appesantir sur le détail de mes extravagances. Il suffira de dire que je dépassai Hérode en dissipations, et que, donnant un nom à une multitude de folies nouvelles, j'ajoutai un copieux appendice au long catalogue des vices qui régnaient alors dans l'université la plus dissolue de l'Europe.

Il paraîtra difficile à croire que je fusse tellement déchu du rang de gentilhomme, que je cherchasse à me familiariser avec les artifices les plus vils du joueur de profession, et, devenu un adepte de cette science méprisable, que je la pratiquasse habituellement comme moyen d'accroître mon revenu, déjà énorme, aux dépens de ceux de mes camarades dont l'esprit était le plus faible. Et cependant, tel était le fait. Et l'énormité même de cet attentat contre les sentiments de dignité et d'honneur, était évidemment la principale, sinon la seule raison de mon impunité. Qui donc, parmi mes camarades les plus dépravés, n'aurait pas contredit le plus clair témoignage de ses sens, plutôt que de soupçonner d'une pareille conduite le joyeux, le franc, le généreux William Wilson, — le plus noble et le plus libéral compagnon d'Oxford, — celui dont les folies, disaient ses parasites, n'étaient que les folies d'une jeunesse et d'une imagination sans frein, — dont les erreurs n'étaient que d'inimitables caprices, — les vices les plus noirs, une insoucieuse et superbe extravagance ?

J'avais déjà rempli deux années de cette joyeuse façon, quand arriva à l'université un jeune homme de fraîche noblesse, — un nommé Glendinning, — riche, disait la voix publique, comme Hérodès Atticus, et à qui sa richesse n'avait pas coûté plus de peine. Je découvris bien vite qu'il était d'une intelligence faible, et naturellement je le marquai comme une excellente victime de mes talents. Je l'engageai fréquemment à jouer, et m'appliquai, avec la ruse habituelle du joueur, à lui laisser gagner des sommes considérables, pour l'enlacer plus efficacement dans mes filets. Enfin, mon plan étant bien mûri, je me rencontrai avec lui, — dans l'intention bien arrêtée d'en finir, — chez un de nos camarades, M. Preston, également lié avec nous deux, mais qui — je dois lui rendre cette justice — n'avait pas le moindre soupçon de mon dessein. Pour donner à tout cela une meilleure couleur, j'avais eu soin d'inviter une société de huit ou dix personnes, et je m'étais particulièrement appliqué à ce que l'introduction des cartes parût tout à fait accidentelle et n'eût lieu que sur la proposition de la dupe que j'avais en vue. Pour abréger en un sujet aussi vil, je ne négligeai aucune des basses finesses, si banalement pratiquées en pareille occasion, que c'est merveille qu'il y ait toujours des gens assez sots pour en être les victimes.

Nous avions prolongé notre veillée assez avant dans la nuit, quand j'opérai enfin de manière à prendre Glendinning pour mon unique adversaire. Le jeu était mon jeu favori, l'écarté. Les autres personnes de la société, intéressées par les proportions grandioses de notre jeu, avaient laissé leurs cartes et faisaient galerie autour de nous. Notre parvenu, que j'avais adroitement poussé dans la première partie de la soirée à boire richement, mêlait, donnait et jouait d'une manière étrangement nerveuse, dans laquelle son ivresse, pensais-je, était pour quelque chose, mais qu'elle n'expliquait pas entièrement. En très-peu de temps, il était devenu mon débiteur pour une forte somme, quand ayant avalé une longue rasade d'oporto, il fit juste ce que j'avais froidement prévu, — il proposa de doubler notre enjeu, déjà fort extravagant. Avec une heureuse affectation de résistance, et seulement après que mon refus réitéré l'eut entraîné à des paroles aigres qui donnèrent à mon consentement l'apparence d'une pique, finalement je m'exécutai. Le résultat fut ce qu'il devait être : la proie s'était complètement empêtrée dans mes filets; en moins d'une heure, il avait quadruplé sa dette. Depuis quelque temps sa physionomie avait perdu le teint fleuri que lui prêtait le vin; mais, alors, je m'aperçus avec étonnement qu'elle était arrivée à une pâleur vraiment terrible. Je dis avec étonnement, car j'avais pris sur Glendinning de soigneuses informations; on me l'avait représenté comme immensément riche, et les sommes qu'il avait perdues jusqu'ici, quoique réellement fortes, ne pouvaient pas — je le supposais du moins — le tracasser très-sérieusement, encore moins l'affecter d'une manière aussi violente. L'idée qui se présenta le plus naturellement à mon esprit fut qu'il était bouleversé par le vin qu'il venait de boire; et, dans le but de sauvegarder mon caractère aux yeux de mes camarades, plutôt que par un motif de désintéressement, j'allais insister péremptoirement pour interrompre le jeu, quand quelques mots prononcés à côté de moi parmi les personnes présentes, et une exclamation de Glendinning qui témoignait du plus complet désespoir, me firent comprendre que j'avais opéré sa ruine totale, dans des conditions qui avaient fait de lui un objet de pitié pour tous, et l'auraient protégé même contre les mauvais offices d'un démon.

Quelle conduite eussé-je adoptée dans cette circonstance, il me serait difficile de le dire. La déplorable situation de ma dupe avait jeté sur tout le monde un air de gêne et de tristesse ; et il régna un silence profond de quelques minutes, pendant lequel je sentais en dépit de moi mes joues fourmiller sous les regards brûlants de mépris et de reproche que m'adressaient les moins endurcis de la société. J'avouerai même que mon cœur se trouva momentanément déchargé d'un intolérable poids d'angoisse par la soudaine et extraordinaire interruption qui suivit. Les lourds battants de la porte de la chambre s'ouvrirent tout grands, d'un seul coup, avec une impétuosité si vigoureuse et si violente, que toutes les bougies s'éteignirent comme par enchantement. Mais la lumière mourante me permit d'apercevoir qu'un étranger s'était introduit, — un homme de ma taille à peu près, et étroitement enveloppé d'un manteau. Cependant, les ténèbres étaient maintenant complètes, et nous pouvions seulement *sentir* qu'il se tenait au milieu de nous. Avant qu'aucun de nous fût revenu de l'excessif étonnement où nous avait tous jetés cette violence, nous entendîmes la voix de l'intrus :

— Gentlemen, — dit-il, *d'une voix très-basse,* mais distincte, d'une voix inoubliable qui pénétra la moelle de mes os, — gentlemen, je ne cherche pas à excuser ma conduite, parce qu'en me conduisant ainsi je ne fais qu'accomplir un devoir. Vous n'êtes sans doute pas au fait du vrai caractère de la personne qui a gagné cette nuit une somme énorme à l'écarté à lord Glendinning. Je vais donc vous proposer un moyen expéditif et décisif pour vous procurer ces très-importants renseignements. Examinez, je vous prie, tout à votre aise, la doublure du parement de sa manche gauche et les quelques petits paquets que l'on trouvera dans les poches passablement vastes de sa robe de chambre brodée.

Pendant qu'il parlait, le silence était si profond qu'on aurait entendu tomber une épingle sur le tapis. Quand il eut fini, il partit tout d'un coup, aussi brusquement qu'il était entré. Puis-je décrire, décrirai-je mes sensations ? Faut-il dire que je sentis toutes les horreurs du damné ? J'avais certainement peu de temps pour la réflexion. Plusieurs bras m'empoignèrent rudement, et on se procura immédiatement de la lumière. Une perquisition suivit. Dans la doublure de ma manche, on trouva toutes les figures essentielles de l'écarté, et, dans les poches de ma robe de chambre, un certain nombre de jeux de cartes exactement semblables à ceux dont nous nous servions dans nos réunions, à l'exception que les miennes étaient de celles qu'on appelle, proprement *arrondies,* les honneurs étant très-légèrement convexes sur les petits côtés et les basses cartes imperceptiblement convexes sur les grands. Grâce à cette disposition, la dupe qui coupe, comme d'habitude, dans la longueur du paquet, coupe invariablement de manière à donner un honneur à son adversaire ; tandis que le grec, en coupant dans la largeur, ne donnera jamais à sa victime rien qu'elle puisse marquer à son avantage.

Une tempête d'indignation m'aurait moins affecté que le silence méprisant et le calme sarcastique qui accueillirent cette découverte.

— Monsieur Wilson, — dit notre hôte en se baissant pour ramasser sous ses pieds un magnifique manteau doublé d'une fourrure précieuse, — monsieur Wilson, ceci est à vous. (Le temps était froid, et, en quittant ma chambre, j'avais jeté par-dessus mon vêtement du matin un manteau que j'ôtai en arrivant sur le théâtre du jeu.) Je présume, — ajouta-t-il en regardant les plis du vêtement avec un sourire amer, — qu'il est bien superflu de chercher ici de nouvelles preuves de votre savoir-faire. Vraiment, nous en avons assez. J'espère que vous comprendrez la nécessité de quitter Oxford, — en tout cas de sortir à l'instant de chez moi.

Avili, humilié ainsi jusqu'à la boue, il est probable que j'eusse châtié ce langage insultant par une violence personnelle immédiate, si toute mon attention n'avait pas été en ce moment arrêtée par un fait de la nature la plus surprenante. Le manteau que j'avais apporté était d'une fourrure supérieure, — d'une rareté et d'un prix extravagants, il est inutile de le dire. La coupe était une coupe de fantaisie, de mon invention; car dans ces matières frivoles j'étais difficile, et je poussais les rages du dandysme jusqu'à l'absurde. Donc, quand M. Preston me tendit celui qu'il avait ramassé par terre, auprès de la porte de la chambre, ce fut avec un étonnement voisin de la terreur que je m'aperçus que j'avais déjà le mien sur mon bras, où je l'avais sans doute placé sans y penser, et que celui qu'il me présentait en était l'exacte contrefaçon dans tous ses plus minutieux détails. L'être singulier qui m'avait si désastreusement dévoilé était, je me le rappelais bien, enveloppé d'un manteau; et aucun des individus présents, excepté moi, n'en avait apporté avec lui. Je conservai quelque présence d'esprit, je pris celui que m'offrait Preston; je le plaçai sans qu'on y prît garde, sur le mien; je sortis de la chambre avec un défi et une menace dans le regard; et, le matin même, avant le point du jour, je m'enfuis précipitamment d'Oxford vers le continent, dans une vraie agonie d'horreur et de honte.

Je fuyais en vain. Ma destinée maudite m'a poursuivi, triomphante, et me prouvant que son mystérieux pouvoir n'avait fait jusqu'alors que de commencer. À peine eus-je mis le pied dans Paris, que j'eus une preuve nouvelle du détestable intérêt que le Wilson prenait à mes affaires. Les années s'écoulèrent, et je n'eus point de répit. Misérable! — À Rome, avec quelle importune obséquiosité, avec quelle tendresse de spectre il s'interposa entre moi et mon ambition! — Et à Vienne! — et à Berlin! — et à Moscou! Où donc ne trouvai-je pas quelque amère raison de le maudire du fond de mon cœur? Frappé d'une panique, je pris enfin la fuite devant son impénétrable tyrannie, comme devant une peste, et jusqu'au bout du monde j'ai fui, *j'ai fui en vain.*

Et toujours, et toujours interrogeant secrètement mon âme, je répétais mes questions : Qui est-il? — D'où vient-il? — Et quel est son dessein? — Mais je ne trouvais pas de réponse. Et j'analysais alors avec un soin minutieux les formes, la méthode et les traits caractéristiques de son insolente surveillance. Mais, là encore, je ne trouvais pas grand-chose qui pût servir de base à une conjecture. C'était vraiment une chose remarquable que, dans les cas nombreux où il avait récemment traversé mon chemin, il ne l'eût jamais fait que pour dérouter des plans ou déranger des opérations qui, s'ils avaient réussi, n'auraient abouti qu'à une amère déconvenue. Pauvre justification, en vérité, que celle-là, pour une autorité si impérieusement usurpée ! Pauvre indemnité pour ces droits naturels de libre arbitre si opiniâtrement, si insolemment déniés !

J'avais aussi été forcé de remarquer que mon bourreau, depuis un fort long espace de temps, tout en exerçant scrupuleusement et avec une dextérité miraculeuse cette manie de toilette identique à la mienne, s'était toujours arrangé, à chaque fois qu'il posait son intervention dans ma volonté, de manière que je ne pusse voir les traits de sa face. Quoi que pût être ce damné Wilson, certes un pareil mystère était le comble de l'affectation et de la sottise. Pouvait-il avoir supposé un instant que dans mon donneur d'avis à Eton, — dans le destructeur de mon honneur à Oxford, — dans celui qui avait contrecarré mon ambition à Rome, ma vengeance à Paris, mon amour passionné à Naples, en Égypte ce qu'il appelait à tort ma cupidité, — que dans cet être, mon grand ennemi et mon mauvais génie, je ne reconnaîtrais pas le William Wilson de mes années de collège, — l'homonyme, le camarade, le rival, — le rival exécré et redouté de la maison Bransby ? — Impossible ! — Mais laissez-moi courir à la terrible scène finale du drame.

Jusqu'alors je m'étais soumis lâchement à son impérieuse domination. Le sentiment de profond respect avec lequel je m'étais accoutumé à considérer le caractère élevé, la sagesse majestueuse, l'omniprésence et l'omnipotence apparentes de Wilson, joint à je ne sais quelle sensation de terreur que m'inspiraient certains autres traits de sa nature et certains privilèges, avaient créé en moi l'idée de mon entière faiblesse et de mon impuissance, et m'avaient conseillé une soumission sans réserve, quoique pleine d'amertume et de répugnance, à son arbitraire dictature. Mais, depuis ces derniers temps, je m'étais entièrement abandonné au vin, et son influence exaspérante sur mon tempérament héréditaire me rendait de plus en plus impatient de tout contrôle. Je commençai à murmurer, — à hésiter, — à résister. Et fût-ce simplement mon imagination qui m'induisait à croire que l'opiniâtreté de mon bourreau diminuerait en raison de ma propre fermeté? Il est possible; mais, en tout cas, je commençais à sentir l'inspiration d'une espérance ardente, et je finis par nourrir dans le secret de mes pensées la sombre et désespérée résolution de m'affranchir de cet esclavage.

C'était à Rome, pendant le carnaval de 18..; j'étais à un bal masqué dans le palais du duc Di Broglio, de Naples. J'avais fait abus du vin encore plus que de coutume, et l'atmosphère étouffante des salons encombrés m'irritait insupportablement. La difficulté de me frayer un passage à travers la cohue ne contribua pas peu à exaspérer mon humeur; car je cherchais avec anxiété (je ne dirai pas pour quel indigne motif) la jeune, la joyeuse, la belle épouse du vieux et extravagant Di Broglio. Avec une confiance passablement imprudente, elle m'avait confié le secret du costume qu'elle devait porter; et, comme je venais de l'apercevoir au loin, j'avais hâte d'arriver jusqu'à elle. En ce moment, je sentis une main qui se posa doucement sur mon épaule, — et puis cet inoubliable, ce profond, ce maudit *chuchotement* dans mon oreille!

Pris d'une rage frénétique, je me tournai brusquement vers celui qui m'avait ainsi troublé et je le saisis violemment au collet. Il portait, comme je m'y attendais, un costume absolument semblable au mien : un manteau espagnol de velours bleu, et autour de la taille une ceinture cramoisie où se rattachait une rapière. Un masque de soie noire recouvrait entièrement sa face.

— Misérable ! — m'écriai-je d'une voix enrouée par la rage, et chaque syllabe qui m'échappait était comme un aliment pour le feu de ma colère, — misérable ! imposteur ! scélérat maudit ! tu ne me suivras plus à la piste, — tu ne me harcèleras pas jusqu'à la mort ! Suis-moi, ou je t'embroche sur place !

Et je m'ouvris un chemin de la salle de bal vers une petite antichambre attenante, le traînant irrésistiblement avec moi.

En entrant, je le jetai furieusement loin de moi. Il alla chanceler contre le mur ; je fermai la porte en jurant, et lui ordonnai de dégainer. Il hésita une seconde ; puis, avec un léger soupir, il tira silencieusement son épée et se mit en garde.

Le combat ne fut certes pas long. J'étais exaspéré par les plus ardentes excitations de tout genre, et je me sentais dans un seul bras l'énergie et la puissance d'une multitude. En quelques secondes, je l'acculai par la force du poignet contre la boiserie, et, là, le tenant à ma discrétion, je lui plongeai, à plusieurs reprises et coup sur coup, mon épée dans la poitrine avec une férocité de brute.

En ce moment, quelqu'un toucha à la serrure de la porte. Je me hâtai de prévenir une invasion importune, et je retournai immédiatement vers mon adversaire mourant. Mais quelle langue humaine peut rendre suffisamment cet étonnement, cette horreur qui s'emparèrent de moi au spectacle que virent alors mes yeux. Le court instant pendant lequel je m'étais détourné avait suffi pour produire, en apparence, un changement matériel dans les dispositions locales à l'autre bout de la chambre. Une vaste glace — dans mon trouble, cela m'apparut d'abord ainsi — se dressait là où je n'en avais pas vu trace auparavant ; et, comme je marchais frappé de terreur vers ce miroir, ma propre image, mais avec une face pâle et barbouillée de sang, s'avança à ma rencontre d'un pas faible et vacillant.

C'était ainsi que la chose m'apparut, dis-je, mais telle elle n'était pas. C'était mon adversaire, — c'était Wilson qui se tenait devant moi dans son agonie. Son masque et son manteau gisaient sur le parquet, là où il les avait jetés. Pas un fil dans son vêtement, — pas une ligne dans toute sa figure si caractérisée et si singulière, — qui ne fût *mien,* — qui ne fût *mienne;* — c'était l'absolu dans l'identité !

C'était Wilson, mais Wilson ne chuchotant plus ses paroles maintenant ! si bien que j'aurais pu croire que c'était moi-même qui parlais quand il me dit :

— *Tu as vaincu, et je succombe. Mais dorénavant tu es mort aussi, — mort au Monde, au Ciel et à l'Espérance ! En moi tu existais, — et vois dans ma mort, vois par cette image qui est la tienne, comme tu t'es radicalement assassiné toi-même !*

Librio

293

Achevé d'imprimer en Allemagne (Pössneck) par GGP
en mars 2009 pour le compte de E.J.L.
87, quai Panhard-et-Levassor, 75013 Paris
Dépôt légal mars 2009
1er dépôt légal dans la collection : mai 1999
EAN 9782290342893
Diffusion France et étranger : Flammarion